미카와 고스트
일러스트 Hiten
2
의매생활
현대문학

한밤중은
혼자만의 시간

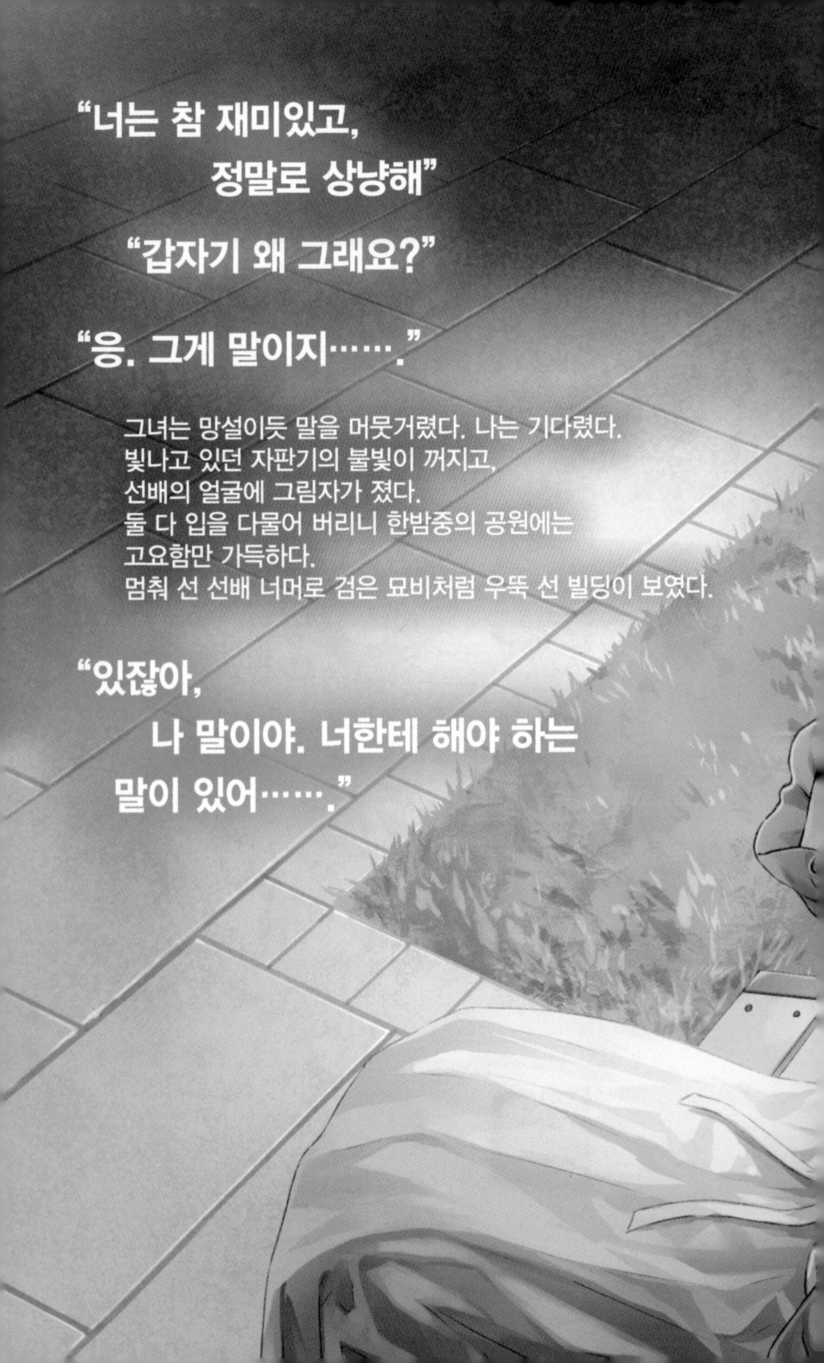
"너는 참 재미있고,
정말로 상냥해"
"갑자기 왜 그래요?"
"응. 그게 말이지……."
그녀는 망설이듯 말을 머뭇거렸다. 나는 기다렸다.
빛나고 있던 자판기의 불빛이 꺼지고,
선배의 얼굴에 그림자가 졌다.
둘 다 입을 다물어 버리니 한밤중의 공원에는
고요함만 가득하다.
멈춰 선 선배 너머로 검은 묘비처럼 우뚝 선 빌딩이 보였다.
"있잖아,
나 말이야. 너한테 해야 하는
말이 있어……."

"굉장하네. 나라사카 양,
가정과 선생님 같아."
"에이~. 더 멋진 게 좋은걸.
프랑스 유학파 일류 쉐프 같은 거."

"그건 잘 가르친다는 뜻이
아닌 것 같은데."
"그렇네! 아하하!"
내 답을 들은 나라사카 양은 구김살 없이 웃었다.
"하지만 아사무라도 대단해.
엄청 빨리 배우니까,
계속 가르치고 싶어져!"

스이세이 고교 기말고사 결과

아사무라 유우타

국어(현대문학)	96	수학B	88
국어(고전)	77	물리	70
일본사	81	화학	85
수학II	92	영어표현	90
커뮤니케이션 영어			79
합계			758 / 900

아야세 사키

국어(현대문학)	??	수학B	86
국어(고전)	90	물리	89
일본사	100	화학	81
수학II	80	영어표현	84
커뮤니케이션 영어			80
합계			??? / 900

마루 토모카즈

국어(현대문학)	90	수학B	92
국어(고전)	92	물리	90
일본사	94	화학	82
수학II	96	영어표현	90
커뮤니케이션 영어			94
합계			820 / 900

나라사카 마아야

국어(현대문학)	92	수학B	82
국어(고전)	92	물리	84
일본사	94	화학	86
수학II	86	영어표현	96
커뮤니케이션 영어			96
합계			808 / 900

의매생활

Days with my Step Sister

2

저자
미카와 고스트
일러스트
Hiten
옮긴이
박경용

"전 인류가 드라이하게 지낼 수 있으면 편할 텐데. 나랑 아사무라 군 처럼."
아야세 사키
고등학교 2학년. 부모의 재혼으로 유우타의 의붓 여동생이 된다. 화려한 차림이라 불량 학생으로 오해받고 있으며, 반에서도 붕 뜬 느낌이다.
"오~! 소문으로 들은 오빠다! 정말로 옆 반의 아사무라네~!"
"은혜를 베풀어두면 나중에 돌려받을 수 있을지도 모르잖아. Win—Win이야."
나라사카 마아야
사키의 같은 반 친구. 언제나 활기차고 남을 챙겨주기 좋아하며, 고립된 사키를 보다 못해 귀찮게 달라붙다 보니 친구가 됐다.
아사무라 유우타
고등학교 2학년. 부모의 재혼으로 사키의 의붓 오빠가 된다. 어쩐지 남과 거리를 두고 있다. 활자 중독 수준으로 책을 좋아한다.

"아빠,
결혼하기로 했다."
아사무라 타이치
유우타의 친아버지이며 사키의 의붓 아버지. 전처와 여러 일이 있어 이혼하고, 아야세 아키코와 재혼한다. 유우타, 사키와의 관계는 양호.
마루 토모카즈
유우타의 같은 반 친구. 유우타에게는 거의 유일하다고 할 수 있는 학교의 친구. 야구부원이며 오타쿠이기도 하다.
"여동생이 생겼잖아?
이 오빠 녀석아."
"언제나 고마워어.
정말, 우리 후배는
듬직하네에."
요미우리
시오리
대학생. 유우타가 아르바이트를 하는 서점의 선배 알바생. 참견쟁이 선배로서 유우타와 「여동생과의 관계」를 응원해준다.
"우후훗.
타이치 씨에게
이야기는 들었지만,
정말로 의젓하네."
아야세 아키코
사키의 친어머니이며 유우타의 의붓 어머니. 전남편과 이혼한 뒤, 열정적으로 일에 힘을 쏟아 재혼할 때까지 혼자서 사키를 키웠다.

Days with my Step Sister

Contents

프롤로그
-15-

7월 16일 (목요일)
-21-

7월 17일 (금요일)
-59-

7월 18일 (토요일)
-109-

7월 19일 (일요일)
-149-

7월 20일 (월요일)
-183-

7월 21일 (화요일)
-221-

7월 22일 (수요일)
-239-

에필로그
아야세 사키의 일기
-245-

그녀가 마지막으로 풀게 되는 문제는, 어떤 소설의 독해보다도 어려웠다.

●프롤로그

의붓 여동생이라는 존재는 다시 말해서 타인이다. 나는 경험을 통해 그렇게 말할 수 있다.

부모들의 갑작스런 재혼. 그걸로 생긴 남매 관계 속에는 유전자가 주장하는 친근감도 없고, 서로 거듭해 쌓아온 세월도 없다. 생각해 볼 것도 없이 당연한 일이다.

아버지와 아키코 씨가 결혼하고, 아키코 씨의 딸도 포함하여 네 명이 함께 생활한지 1개월이 지났다. 그런데 이 시점에서 나는 이 「의붓 여동생이라는 타인」이 지극히 미묘한 포지션에 있는 존재라는 걸 깨닫기 시작했다……. 그저 셰어 하우스를 하는 타인이라고 말할 수는 없지 않을까?

다만, 그러면 어떤 존재이냐고 물어보면 대답하기 어려워진다.

학교 수업이 끝나고 맨션으로 돌아와서, 익숙한 감촉의 문 손잡이를 돌렸다.

"어서 와, 아사무라 군."

"다녀왔어, 아야세 양."

문을 열자마자 들리는 의붓 여동생의 말과 내 대답은 1개월이 지나도 변함이 없었다.

고작해야 생일이 1주일 다르다는 이유로 나는 오빠라는

배역을 받고, 그녀는 여동생이 된 것뿐이다. 그 역할이 의미하는 서로의 행동에는 아무런 영향이 없다. 그저 서로에게 경의를 표하는 타인의 평탄한 인사가 있을 뿐이다.

「오빠야~♪ 어서 와」 같은 달콤한 마중도 없지만, 「그 지저분한 낯짝 보이지 마, 망할 오빠!」 같은 매도도 날아오지 않는다. 다행히도 말이다.

그러나—.

요즘 들어 인사 뒤에 서로 아주 조금 말을 덧붙이게 됐다. 예를 들면 이런 식으로.

"오늘부터 다시 알바한다고 했었지?"

"아야세 양도, 오늘부터?"

응, 하는 대답이 돌아왔다.

자연스럽고 별것 아닌 대화지만, 이렇게 아주 약간 덧붙이는 말이 나와 여동생인 아야세 양 사이에 생긴 변화라고 할 수 있을 것이다.

기말고사 1주일 전부터 나는 잠시 아르바이트를 쉬었다.

아야세 양도 식사 준비를 쉬었다. 아버지와 아키코 씨는 오히려 꼭 쉬라고 일렀다.

오늘이 시험 마지막 날이었다. 지금 나눈 대화로 그것을 서로 확인한 것이다.

그걸 계기로, 나는 의붓 여동생이라는 타인이면서 식구이기도 한 존재에 대해 곰곰이 생각을 해봤다.

짧으면서도 나름대로 길었던 한 달.

예를 들어 연인 사이였다면 어땠을까? 한 달이나 동거를 하면 서로의 싫은 부분이 보여서 사이가 삐걱거리거나, 반대로 거리가 줄어든 것으로 사이가 좋아지기도 할 것이다. 그럭저럭 변화가 있을 것 같다. 나는 딱히 연인과 동거를 해본 적이 없으니까, 어디까지나 서적을 통해 얻은 지식으로 추측한 것이지만.

그러면 상대가 친여동생이라면? 그렇다. 아마 한 달 정도로는 아무것도 변하지 않는다. 이것이 정답. 거듭해 쌓인 세월이 10년 이상 된다면, 고작해야 한 달 정도로 변할 리가 없다. 다시 말해서 변화하지 않을 것이다.

의붓 여동생은 신경 거슬리는 결점에 스트레스를 느낄 정도로 가까운 존재도 아니고, 공기처럼 느낄 만큼 익숙한 존재도 아니었다.

나는 나름대로 많은 양의 책을 읽어온 편이라고 생각하지만, 이 거리감을 가리키는 말이 떠오르지 않았다. 지금은, 아직.

"오늘은 닭고기가 저렴했으니까 유린기를 할 거야."

옷을 갈아입으려고 내 방에 들어간 나에게 아야세 양이 말을 걸었다.

중화 요리점에서나 들은 요리 이름이 자연스럽게 나왔다. 교복에서 사복으로 갈아입으며 알바 갈 준비를 하던 나는, 무심코 내 방에서 고개를 내밀며 물어보고 말았다.
"그거 집에서 만들 수 있었구나."
아야세 양이 쓴웃음 같은 웃음을 지었다.
"만들 수 있고, 그렇게 수고롭지도 않아."
"그랬어?"
나랑 아버지는 배달은커녕 편의점 도시락이라도 좋다고 먹는 인종이니까, 그런 건 전혀 몰랐다. 덕분에 내 요리 레퍼토리는 의무교육 시절의 가정 수업 수준에서 진화하질 않았다.
"뭐, 내가 만드는 건 사이비 유린기 같은 거야. 그러니까 걱정 안 해도 돼. 무리는 안 하니까."
과한 부담이 되는 거 아닌가? 그렇게 염려한 것을 아무래도 눈치채 버린 모양이다.
"그럼 다행이고."
아야세 양은 때때로 막다른 길에 몰리면, 글러먹은 방향으로 사고가 폭주하는 것 같으니까.
고작 한 달의 공동생활이라도, 나름대로 사람됨은 알 수 있는 법이다. 나는 대략 한 달쯤 전에 아야세 양이 저지른, 가족을 대상으로 한 고액 알바 사건(고용주는 나)의 밤을 떠올렸다.
그건 조금 위험했지.
"얼른 안 가면 지각하는 거 아냐?"

"어? 어어. 그러면, 다녀올게. 아 맞다—."

나는 문을 열기 전에 돌아보며 말했다.

"그거, 다음에 만드는 법 가르쳐 줘. 나도 만들어 보고 싶으니까."

"……무리 안 해도 되는데?"

이번에는 내가 쓴웃음을 지었다.

이건 나를 다 꿰뚫어보고 있네.

현대는 계약 사회다. 그렇지만 나는 아야세 양이 식사를 준비해주는 것에 대한 대가로 약속한 고액 알바 소개를 아직도 해내지 못하고 있었다. 기브 & 테이크에서 기브를 넉넉하게. 아야세 양을 본받아서 나도 성과를 올려야 한단 말이지.

그럼 어떻게 할까? 그런 생각을 하면서, 나는 아직 햇살이 남아 있는 여름의 시부야 거리를 서둘러 걸었다.

매미가 문득 생각났다는 것처럼 울기 시작해서, 나는 계절이 바뀌고 있음을 느꼈다.

빌딩 사이로 붉게 물든 적란운이 보였다.

●7월 16일 (목요일)

습기와 열기 탓에, 자고 일어난 몸이 눈에 보이지 않는 묵직한 막에 둘러싸였다는 착각이 드는 여름의 아침. 방금 켠 에어컨에서 나오는 시원찮은 바람 따위로는 이 나른함을 차마 떨쳐낼 수 없다. 그래도 관성과 타성에 몸을 맡기고, 기계인형이 된 것 같은 정신으로 나이테가 아름다운 하얀 다이닝 테이블을 닦고 있었다.

오늘 아침에도 부모님의 모습은 없었다.

주방에서 두 사람 분량의 그릇을 가져온 아야세 양이 내가 닦아놓은 테이블에 올려놓았다.

평소의 하얀 밥이 아니다. 그릇 위에 촉촉한 토스트가 놓여 있었다.

"……적신 빵?"

"프렌치 토스트."

"그렇구나."

아야세 양이 담백하게 그것의 명칭을 말해줬지만, 나는 잘 이해를 못한 채 중얼거리는 수밖에 없었다.

물론 프렌치 토스트라는 이름은 알고 있었다. 먹어본 적이 없어도 소설을 읽으면 가끔 등장하니까. 그러나 소설 독자에게 있는 흔한 비극인데, 단어로는 알고 있어도 실물을 몰라 실생활에서 즉시 반응하지 못하는 경우가 종종 있었다.

"이름을 봐서, 프랑스 요리인가?"

"어원은 미국이래."

"아야세 양, 잘 아네."

"패밀리 레스토랑 메뉴에, 그런 내용이 적혀 있었던 것 같아."

계절 한정 메뉴 같은 것에 가끔 그런 설명이 적혀 있지. 그걸 말하나 보다.

아니 지금은 어원 따위 아무래도 좋아.

"이거, 어떻게 먹는 거야?"

"식기 있잖아?"

"나이프랑 포크로?"

"그래. 딱히 그냥 손으로 집어 먹거나 젓가락으로 먹어도 괜찮아. 어차피 집이니까."

아야세 양은 참 가볍게 말하네. 아무리 그래도 아직 부끄러운 부분을 다 보여줄 정도로, 난 그녀를 완전히 가족으로 생각하지 못했다. 타인, 그것도 동급생 여자애. 게다가 미인. 꼴사나운 모습을 보이는 것은 조금 허들이 높다.

"빵을 스테이크처럼 썰어서 먹는 건, 조금 위화감이 있네."

"그래? 케이크를 자른다고 생각하면 위화감도 없어지지 않을까?"

"아아, 그러게."

사물은 어느 각도에서 보는가에 따라서 상당히 바뀌는 법이다.

그런 도움이 안 되는 철학과 함께 빵을 자르고, 식사에 집중했다. 달걀과 설탕이 뒤얽힌 달콤함을 혀로 맛보고, 맛의 감상을 어떻게 전달해야 할까 생각하면서 아야세 양을 힐끔 보았다.

어라? 하고 생각했다.

맞은편에 앉은 아야세 양은 언뜻 봐서 평소와 같은 무표정이었다. 그러나 포크와 나이프를 다루는 손놀림에 평소와 같은 군더더기 없는 우아함이 부족하다. 집중하기 어려운 사정이 있는 건지, 어쩐지 안절부절못하는 것처럼 보였다.

"무슨 일 있어?"

"엇?"

"어쩐지. 뭔가 신경 쓰고 있는 것 같아서."

"……날카롭네. 들켜버렸구나."

쓴웃음을 짓고서, 아야세 양이 벽에 걸린 달력을 보았다.

아키코 씨가 들어오면서 가져온 것인데, 고양이가 뒹구는 사진이 있어서 억지로라도 사람을 치유해 줄 법한 물건이다. 일하는 바에 찾아온 보험 영업사원에게 받았다고 한다. 요즘은 스마트폰의 달력앱이면 충분하니까 나도 아버지도 집에 달력을 걸어두지 않았는데, 벽이 휑하다는 아키코 씨의 한 마디로 지난달부터 식탁 옆의 벽에 걸려 있었다.

여성 가족이 늘어났다는 사실을 실감하는 그것을 보면서, 아야세 양이 입을 열었다.

"아마, 오늘이야."

"뭐가?"

"기말고사 결과가 다 나오는 날. 우리 반은, 아마 오늘."

"아아, 그쪽은 아직이었구나."

"응. 하나 빼고는 다 나왔어."

일개 학생에게 의붓 가족이 생기거나 신생활 때문에 어수선한 것과는 상관없이, 도립 스이세이 고교에서는 예년처럼 7월 초에 기말고사가 시행되었다.

나와 아야세 양은 서로 의논하거나 협력하지도 않고, 자신만의 공부를 혼자서 하여 시험에 임했다.

불필요한 간섭을 하지 않고 적절한 거리감을 유지한다. 그렇게 약속하고 남매가 된 우리는 당연히 서로의 시험 결과 따위 모르고, 일부러 알려고 하지도 않았다.

오늘, 이때까지는.

"있지, 아사무라 군. 조금 상스러운 거 물어봐도 돼?"

"별로 상관없어. 아야세 양이라면 귀를 막고 싶어질 정도로 정말로 상스러운 화제는 절대 안 꺼낼 테니까."

입 밖에 낸 시점에서 상식의 범위 안이다. 그렇게 확신할 정도로, 나는 이미 아야세 양의 양식을 신용하고 있었다.

"시험 결과, 어땠어?"

예상 이상으로 평범한 화제였다.

그래도 사람에 따라서는 섬세한 화제니까 미리 양해를 구하는 걸 보고, 아야세 양은 정말로 고지식한 사람이라고 나는 생각했다.

"그러니까, 일본사 81점, 수학Ⅱ 92점, 수학B가 88점이고, 물리 70, 화학 85, 영어표현 90점, 커뮤니케이션 영어가 79점. 현대문학이 96점에, 고전이 77…… 합계 758점, 이었지."

"굉장해. 아사무라 군, 성적 좋구나."

"그렇게 말해주니까 솔직히 기쁘긴 한데, 개인적으로는 아직 과제가 많아. 물리나 고전 같은 거. 약한 부분을 조금 더 올려야지."

"현대문학 96점인 시점에서 충분히 대단하다고 생각하는데. 좋겠다."

"아야세 양은?"

"일본사는 100점, 수학Ⅱ는 80점, 수학B가 86이고, 화학 81점, 영어표현 84점이고, 커뮤니케이션 영어가 80점. 고전이 90점."

"전부 80점 넘었잖아. 나보다 훨씬 성적 좋은 것 같은데."

"여기까지는, 그렇지."

"여기까지라고 해 봐야 앞으로 하나잖아. 현대문학이 꽝이라고 해도, 합계 점수로 아야세 양이 더 위일 것 같은데."
"그럴까? 현대문학, 정말로 자신이 없거든."
무슨 일이든 드라이하게 잘라 말하는 그녀치고는 보기 드문 애매한 불안감을 표현하고, 아야세 양은 가볍게 한숨을 쉬었다.
"여름방학엔 알바를 시작하고 싶은데 말이야. 현대문학 점수에 따라서, 공부 시간을 줄이지 못할 수도 있어."
"미안. 내가 고액 알바를 찾지 못한 탓이네."
"그거, 아사무라 군이 사과할 일이 아니잖아."
"아니지. 교환조건이었잖아."
부모님이 맞벌이인 우리 집에서는 나날의 아침 식사나 저녁 식사를 아이들— 나와 아야세 양만 만들어 먹고 있었다.
의붓 어머니인 아키코 씨는 시간과 여유가 있는 날엔 가끔씩 식사를 만들어주기도 하지만, 기본적으로는 우리들이 우리 손으로 하고 있었다.
미래에 여자란 이유로 남들이 얕보거나 약하게 보이는 일 없이 혼자서 강하게 살아가기를 바라는 아야세 양은, 일류 대학에 진학하고자 나날이 공부를 열심히 하고 있었다.
그런 한편, 그녀는 학비 부담이 되지 않게 고액 알바도 찾고 있었고 나는 아침저녁 식사를 만들어주는 조건으로 알바 정보 수집 의뢰를 받았다.
그러나 한심스럽게도, 한 달 동안 나는 아무 성과도 거두지 못했다.

내가 빚을 지고 있다고 느끼지 않도록 하려는 배려일까? 아야세 양은 싫은 소리는 일절 안 하고, 그저 쓴웃음만 지었다.

"나도 너무 쉽게 생각했다고 반성하고 있어. 우선 조금씩 평범한 알바를 해볼래."

"그러면 식사 준비는 나도 할게."

"어? 으~음."

교환조건이었으니 당연하다. 그렇게 생각해서 한 말인데, 아야세 양이 뭔가 납득이 안 간다는 기색의 소리를 냈다.

"그건 딱히 됐어."

"음, 그래도."

"요리 만드는 거 즐겁고, 한숨 돌리는 효과도 있거든."

"그렇게 말해주면 고맙지만, 그래도 그러면 내가 일방적으로 득을 보게 되잖아."

반복성의 원리라는 것이 있다.

사람은 무언가를 받으면, 반드시 돌려줘야 한다는 감정을 품는다. 받았으면 상대에게 돌려주고, 돌려받았으면 또 상대에게 돌려준다. 그것을 반복하여, 사람과 사람은 언제나 원활한 관계를 구축할 수 있다고 한다.

나는 남이 무상의 사랑을 쏟아줄 정도로 매력적인 인간이라고 나 자신을 평가하지 않고, 상대에게 아무 메리트도 없는데 친절하게 대해주면 사기를 의심한다. 사기가 아니라 진심으로 봉사를 하는 거라 해도, 그 친절함엔 터무니없이 기분 나쁘게 느끼고 만다.

"그렇네. 기브 & 테이크가 안 되지."

나와 같은 타입일 아야세 양도, 그런 내 마음을 거두어준 모양이다. 진지하게 생각에 잠겨 주었다.

"그러면, 제안."

조금 지나서 아야세 양이 익살을 부리듯 한 손을 들었다.

"한 달 찾아도 발견되지 않은 이상, 고액 알바를 찾는 건 아마도 무리야. 이건 나랑 아사무라 군이 둘 다 인정하는 거지?"

"응. 한심하지만, 합법적이지 않은 수단에 의지하지 않는 한은, 그렇지."

"대학 진학에 충분한 돈을 모으려면 아무리 늦어도 여름방학에는 알바를 시작할 필요가 있어. 그러면 아마 수면시간을 깎든지 해서, 어떻게든 공부 시간을 만들 필요가 생길 거야."

"수면 부족은 학습 효율을 떨어뜨리지 않을까?"

"그래. 그러니까, 여기서부터 제안. 아사무라 군, 내 학습 효율을 높일 아이디어를 모아줘."

"학습 효율을 높인단 말이지. 좋은 참고서를 찾거나, 집중할 수 있는 환경을 준비하거나?"

"방법은 맡길게. 응? 부탁해도 돼?"

세상이 넓다지만, 이 정도로 사리사욕과 동떨어진 「여동생의 떼쓰기」가 있을까?

떼쓰는 여동생에게 휘둘리는 타입의 일반적인 오빠하고는 상당히 의미가 다르지만, 오빠로서 고개를 끄덕이지 않을 수 없다는 점은 마찬가지였다.

"알았어. 이 프렌치 토스트에 걸맞은 방법을 찾는 건 꽤 고생할 것 같지만, 열심히 찾아볼게."

"고마워. 기대하고 있을게."

기대한다. 아야세 양의 드라이한 어조와 쿨한 표정 탓에 도무지 신빙성이 없게 들리는 말이다. 성과가 있든 없든 분명히 나를 탓하지 않겠지. 그 표정을 좋은 의미로 변화시키고 싶다는 마음으로 만들어준다.

학습 효율을 높이는 아이디어. 과연 어떤 방법이 있을까 생각하면서, 나는 선금인 프렌치 토스트의 달콤함을 혀로 마음껏 즐겼다.

그런 아침 시간을 보낸 우리는 남매가 사이좋게 등교한다는, 라이트 노벨이나 만화에서 익숙한 이벤트하고는 무관하게 각각 혼자서 등교했다. 그것에 의문이나 슬픔 따위 느낄 여지도 없을 정도로, 의붓 여동생과 내 관계는 하염없이 현실적이었다.

나도 아야세 양도 의남매가 된 사실을 남에게 밝히지 않았고, 학교에서는 그저 타인의 거리감을 유지하고 있었다.

예외는 아야세 양의 절친인 나라사카 마아야 양뿐이다. 나는 친구인 마루 토모카즈에게도 이 사실을 덮어두고 있었다. 마루를 신용하지 않는 건 아니지만, 그가 소속된 야구부 안에서 아야세 양에 대한 안 좋은 소문이 흐르고 있었다. 괜한 걱정을 끼치거나 풍파를 일으킬 가능성이 있는 정보를 일부러 전달하는 것도 바보 같았으니까.

"야, 아사무라. 학교에서 야한 사이트를 조사하는 건 적당히 해."

그 마루 토모카즈가, 놀리면서 말을 걸었다.

조례 전의 이완된 분위기가 흐르는 교실. 수업 준비도 마치고, 혼자서 스마트폰을 만지고 있을 때였다.

"마루, 그거 아냐? 남에 대한 험담은 자신을 비추는 거울이다."

"그게 뭔 소리야?"

"남들이 틀림없이 이런 나쁜 짓을 하고 있다……. 그렇게 생각하는 것은, 자신 안에 그 발상이 있기 때문이라는 거지."

"재미있는 설이네."

"다시 말해서 평소부터 야한 사이트를 보고 있는 건 마루란 거지. 증명돼 버렸군."

"야, 그 지독한 단정 뭐냐."

"그럼 안 봐?"

"……본다만."

증명 완료를 해버렸다.

딱히 솔직히 인정할 필요 따위 전혀 없는데도 시치미를 떼지 않으니, 마루는 정말로 좋은 녀석이라고 생각한다.

"학교에서 그런 걸 볼 정도로 간이 크진 않아. 조금 조사할 게 있거든."

"아, 애니메이션 감상이라도 찾고 있어? 어젯밤에는 풍작이었지. 『프로젝트 DJ 마이크』도 갓 에피였고."

"아아, 그러고 보니 마루, 그거에 빠져 있었지."

"선곡의 센스가 좋단 말이야. 90년대 게임 BGM 같은 아는 사람은 아는 명곡을 모아 놨어."

"90년대라…… 상당히 옛날이네."

"옛날이지만, 오래됐다고 얕보면 안 되거든? 당시는 쓸 수 있는 음색이 한정적이었지만 나름대로 연구를 거듭해서 매력적인 악곡을 실현했어. 더욱이, 아티스트 내면에 있는 예술성보다도 게임의 연출에 최적인 음악을 우선했다는 게 또 혁명적이지."

마루의 목소리가 점점 열기를 띠었다. 오타쿠 특유의 빠른 말투가 되는 절친에게 미지근한 시선을 보내면서, 그 정도로 열량이 없기는 하지만 분위기가 어색해지지 않을 정도의 흥미와 관심을 담아서 나는 맞장구를 쳤다.

"그렇단 말이지. 마루 같은 오타쿠의 심금을 울리는 악곡이었다는 거네?"

"그래그래. 그거지. FM음원의 맛을 죽이지 않고, 훌륭하게 현대풍으로 어레인지를 했더라. 게다가 게임 BGM이라는 건 일본어 가사가 붙은 것도 아니니까 언어의 벽에 얽매이지 않는다. 바다를 넘어서 전 세계에 퍼져나갔지. 내 짐작이지만『D마이』의 기획자는 수완이 상당히 좋을 거야."

"뜻밖이네."

"뭐가?"

"마루가 음악 이야기를 그 정도로 뜨겁게 논하는 거. 다양한 것에 대해서 잘 안다고 생각은 했지만, 커버하는 장르가 너무 넓지 않아?"

"그렇게 느끼는 건 내가 잘 아는 장르 이야기밖에 안 해서 그런 거다."

"아~, 분명 그렇네."

"대화의 주도권을 쥐는 거야. 내 대화 공간 안에서, 난 전지전능의 신 같은 거지."

"사기 수법 아냐?"

"본질은 아마 같아. 범죄인가 아닌가를 가르는 기준은, 그 수법을 어떻게 쓰느냐지."

"마루는 어떻게 쓰는데?"

"나 자신이 대화를 가장 즐기기 위해서 쓴다."

"그건 평화적이네."

씨익 웃으며 찰나주의적인 대사를 당당하게 뱉어내는 마루에게, 나는 얄궂은 기색으로 대응했다.

겸손한 기색으로 말하는 그 말마저 머리가 좋아 보이는 것에 대해 엄격하게 추궁해볼까 생각했지만, 그건 너무나도 질 나쁜 농담이니까 관뒀다.

"하지만 뭐 전지전능까지는 아니라도, 마루가 머리 좋은 건 사실이니까. 어차피 기말고사도 자연스럽게 잘 봤겠지."

"들켰군. 지금까지 입 다물고 있었지만, 나 사실은 천재거든."

"알고 있어."

익살을 부리듯 말하는 마루에게, 그래서 점수가 어느 정도냐고 물어봤더니 너무나 범인과 동떨어진 숫자가 튀어나왔다.

현대문학 90점, 고전 92점, 일본사 94점, 수학Ⅱ96점, 수학B 90점, 화학 82점, 영어표현 90점, 커뮤니케이션 영어 94점— 합계 820점.

오오. 그 빼어난 수재의 성적에, 나는 조금 기겁하며 감탄의 목소리를 흘렸다.

"아무리 그래도 너무 굉장하지 않냐? 평균 90점 이상이네."

"요령이 좋은 것뿐이야."

"그것만으로는 설명이 안 되는 것 같은데. 안 그래도 우리 학교는 입시명문이니까 시험이 어려운 편이고. 야구부 활동을 제대로 하면서 취미인 애니도 즐기고, 그러면서 공부도 톱클래스. 치트를 쓴 게 아니고서야…….”

“안 썼거든~.”

실제로 켕기는 것 따위 전혀 없을 것이다. 그의 대답에 한 점의 흔들림이 없었다.

나로서는 치트까지는 아니라도 뭔가 비결 정도는 있으면 좋겠다.

학습 효율을 올리는 방법의 비전을 마루에게 배울 수 있다면, 아야세 양에게 전해줄 수 있을 텐데. ……뭐 세상일이라는 것이 그렇게 편하게 굴러가진 않는 법이지.

그렇게 생각하는 내심이 다 보인 걸까? 마루는 안경 안쪽의 날카로운 눈동자로 잠시 내 얼굴을 빤히 바라보았다.

진리를 탐구하는 사람의 물음에 마지못해 대답하는 현자처럼, 마루는 깊고 긴 한숨을 내쉬었다.

“그렇지만, 요인은 있지.”

“어?”

“일단 대전제로 나는 숏 슬리퍼다.”

“분명 짧은 수면 시간이라도 건강을 해지치 않는 체질, 이었지? 마루가 그랬구나.”

“그래. 다만, 이건 타고난 체질이야. 유전자로 정해진다는 설이 농후한 이상, 남에게 추천할 수는 없어.”

"흉내 낼 수가 없겠네. ……그런데, 추천?"

"알고 싶잖아? 내 학습 효율의 요령."

"다 꿰뚫어 보니까 무서운데."

"하하하. 빤히 보이거든."

태연한 표정으로 사람의 마음을 읽어 버리는 에스퍼 같은 태도는 좀 그렇다.

이래서 야구부 포수란 생물은 난처하다. ……편견이지만.

"뭐, 숨겨도 의미가 없을 것 같으니까 자백하는데. 분명히 찾고 있기는 해. 효율적인 학습 방법. 하지만 만인에게 통하는 내용이 아니면 참고가 안 되는데."

"서두르지 말거라, 아사무라 소년. 본론은 여기서부터라고."

거창한 태도로 말하더니, 마루는 자신의 스마트폰을 꺼내 음악 앱을 기동했다.

"음악?"

"그래. 내 집중의 비결. 아까 나왔던 화제에서 화려한 복선 회수를 하는 거다."

"억지 같은데."

"하지만 실제로 효과가 있거든? 인간은 습관에 따라 자동으로 움직인다. 그 음악을 들으면 공부하라고 뇌세포에 새겨두면 펜을 쥔 손이 멈추지 않게 되지. 땡땡이를 치는 게 귀찮아지는 느낌이 든다니까."

"그렇구나. 일종의 자기암시, 라이프핵인가? 역시 힐링 음악이나 환경음 같은 게 좋아?"

"그건 사람에 따라 다르지. 나는 클럽뮤직이나 헤비메탈이 집중이 잘 되던데."

"아무래도 만인에게 적합한 방법은 아닌 것 같네……."

"어떤 곡을 작업용 BGM으로 하면 집중할 수 있는지는 사람마다 달라. 아사무라도, 자기한테 맞는 걸 이것저것 시험해보라고."

"어? ……아아, 응. 그렇네. 적당히 찾아서 들어볼게."

한순간 뭔가 마음에 걸렸지만, 어떻게든 자연체를 유지하며 대답했다.

묘하게 날카로움을 발휘하는 야구부의 정포수도, 설마 나 자신이 아니라 아야세 양의 공부 효율을 올리기 위한 수단을 찾고 있다는 건 상상도 못한 거겠지.

그런데 작업용 BGM을 쓴다는 건 좋지만, 그것뿐이라면 아야세 양 본인도 간단히 떠올릴 법한 수단이다. 일부러 내가 가르쳐줄 것도 없을 것 같아.

이건 어디까지나 실마리다.

아야세 양을 위해서 한 걸음 더 나아간 정보를 모아야겠다고 남몰래 결심하고, 나는『프로젝트 DJ 마이크』의 이야기를 신이 나서 떠드는 친구의 얼굴 너머를 멍하니 바라보면서 적당히 맞장구를 쳤다.

그러고 보니, 아야세 양의 현대문학 점수는 어떻게 됐을까?

방과 후, 집으로 돌아가 문 손잡이에 손을 댄 순간 머릿속 한가운데 갑자기 그 의문이 떠올랐다.

그러나 금방 그 구경꾼 근성과 비슷한 의문을 지우고자 고개를 저었다.

결과가 신경 쓰이지 않는다면 거짓말이지만, 알고 싶다는 일방적인 사정을 강요하는 것은 매너 위반 같았다.

가르쳐줘도 문제없다. 가르쳐주고 싶다. 그렇게 판단하면 아야세 양이 멋대로 말을 해줄 거야.

"다녀왔어."

문을 열고 한 달 전부터 매일 현관에서 보게 된 여자애의 신발을 한 번 보았다. 집 안에 동거인이 있다고 확인한 나는 말을 하면서 현관에 들어섰다.

오늘은 알바도 없고 중간에 어디 들르지도 않고 돌아왔으니 꽤 빨리 집에 왔다고 생각하는데, 아야세 양은 그보다도 빨랐던 모양이다.

어지간히 빠르게 HR이 끝났거나, 아니면 발이 빠른 걸까? 서둘러서 빠른 걸음으로 걷는 아야세 양의 모습을 쉽사리 상상할 수 있다. 그 모습에 흐뭇함을 느끼고 내심 몰래 웃었다.

오늘은 알바가 없으니까, 내 방에 들어가면 자유 시간이다. 작업용 BGM에 대해서 조사를 해봐야겠다고 생각하는데, 등 뒤에서 철컥 소리가 났다.

돌아보자, 의붓 여동생이 발 빠르게 다가오고 있었다.

"아사무라 군."

"앗, 다녀왔어……. 아야세 양?"

부딪힐 정도의 거리가 되어도 발을 멈출 기색이 없는 아야세 양에게, 나는 난처한 목소리를 내고 말았다.

미인의 무표정한 얼굴이 코앞에 있다. 예술의 정수를 담은 가면을 마주 보는 것 같아서, 어쩐지 차분함을 잃게 된다.

"나한테, 현대문학을 가르쳐줘."

"진짜야?"

평소와 같은 냉정한 표정과 목소리로 이상한 부탁을 듣게 되자, 나는 반사적으로 중얼거렸다.

그녀의 말을 의심해서 한 말이 아니다. 그녀의 말이 의미하는 것을 초 단위로 짐작하고, 그 이면에 있는 예상 밖의 사실을 깨닫고, 미리 경악의 감정이 입에서 흘러나온 것이다.

그 예상을 전제로 나는 물었다. 에둘러서 물어보는 건 오히려 실례라고 판단하여, 굳이 솔직하게.

"몇 점이었어?"

"38점."

"그건 또, 강렬하네……."

"어쩐지, 이렇게 될 것 같았어. 애당초 서툴렀으니까, 분

명히 이번에도 꽝일 거라고."

"다른 교과는 그렇게 고득점이었는데……. 물론 사람마다 잘하고 못하는 게 있기는 하지만."

"이야기 속 등장인물들의 마음 같은 걸, 전혀 알 수가 없어서."

조금 눈길을 피하면서, 그녀는 조용히 말했다.

그 말을 듣고, 나는 눈을 깜박거렸다.

"현대문학은 문장의 뜻을 파악하는 문제가 메인이니까, 이해까지는 안 해도 될 것 같은데."

"소설의 경우 문장의 뜻이 곧 등장인물의 심정이잖아. ……뭐, 생각할 필요가 없는 것에 정신이 팔려있다는 자각이 있기는 한데."

"그렇다고 해도, 아야세 양이 그것에 고전하는 건 도무지 납득이 안돼. 다른 사람을 배려할 수 있는 타입인데."

"그렇게 보여?"

"응. 적어도 나한테는, 이쪽 스탠스를 파악하고 간격 조정을 해주려고 하잖아."

"반대야, 아사무라 군."

"반대?"

"다른 사람의 마음을 모르니까, 간격 조정이 필요한 거야."

"……그건, 그렇네."

갑자기 기분이 틀어져서, 자기 마음을 짐작해 달라고 말하는 인간이 나는 거북하다.

그렇게 휘둘려온 아버지의 모습을 아주 가까이서 봤으니까.

눈 감고 손으로 더듬어가며 마음속을 예상하고, 불확실한 커뮤니케이션을 계속한다. 내가 보기에 그것은 10%의 확률로 파멸하는 주사위를 대화할 때마다 던지는 거나 마찬가지다.

너무나도 운에 휘둘린다.

그래서 나는 「서로에게 아무것도 기대하지 않고, 간격 조정을 하면서 생활하자」라는 그녀의 제안을 들었을 때 안도했다.

자기 본심과 상대의 본심. 서로의 카드를 다 보여주고 적절한 카드를 서로 제시하면, 서로 상처받지 않고 영원히 카드 게임을 계속할 수 있다.

그것은 분명히 상대를 생각해주는 상냥함이기는 하다. 하지만 뒤집어 보면 사소한 말에서 남의 내심을 읽어내는 노력을 포기했다고도 할 수 있다.

"하지만 솔직히, 이번 결과는 위험해. 어느 정도 꽝일 거라고 각오는 했었지만, 이건 아무리 그래도 위험해."

"38……. 우리 학교 기준이면, 현대문학은 40점 이하가 낙제였지."

"그래. 여름방학 직전, 21일에 재시험이래. 그걸로 80점

이상 따서 합격하지 못하면, 여름방학에도 보충 수업을 받아야 한대.”

“입시 공부도 아닌 내용으로 보충이라. 피하고 싶은 전개네.”

“응. 그래서 하다못해 재시험은 확실하게 클리어하고 싶어. 아사무라 군, 현대문학 제일 잘했었지?”

“독서 취미 덕분에. ……그렇구나. 그래서 나한테 현대문학을 가르쳐 달라는 거구나.”

“안될까?”

“아니. 지금은 내가 빚이 많으니까, 갚을 수 있을 때 갚고 싶었어.”

“다행이야. 그러면 거실에서 기다릴게.”

아야세 양이 안도하여 미소를 지었다.

어깨에 들어가 있던 힘이 조금 풀린 기색이다. 기다리겠다는 말을 남기고, 그녀는 방에서 나갔다.

그건 그렇고, 이런 때에도 아야세 양은 아야세 양답다고 생각했다.

낙제를 해버리면 당황하거나, 삐쳐서 방에 틀어박혀 자버려도 아무도 불평하지 않을 텐데. 그녀는 어디까지나 긍정적으로 사태의 개선책을 생각하고 실행하고자 한다.

……다만, 그렇기에 위화감도 있었다.

어째서 이지적으로 반성하고 자신을 꾸준히 개선할 수

있는 그녀가, 지금까지 현대문학을 서투른 그대로 방치한 걸까?

의문은 남지만, 머릿속에서 아무리 생각해도 내 멋대로 추정하는 영역을 벗어나지 못한다. 나는 학교의 짐을 책상 위에 내던지듯 두고서, 필기구와 스마트폰만 손에 들고 방을 나섰다.

거실에 들어서자 아야세 양의 모습이 눈에 들어왔다. 식탁에 교과서와 노트, 이제 막 돌려받은 답안용지가 펼쳐져 있었다. 아야세 양은 그것들을 진지한 눈빛으로 보면서 왼손에 펜을 들고 있었다. 참고로 예전에 본인에게 듣기로, 아야세 양은 원래 왼손잡이였다고 한다. 부모에게 교육을 받은 결과 식사하는 자리에서는 오른손으로 젓가락을 쓰고 있지만, 펜은 익숙한 왼손으로 잡는 일이 많다고 했다.

만약 내가 만화 속 주인공이라면 침실에 불려가서 에로틱함이 넘치는 전개가 될 법하지만, 유감스럽게도 이것은 현실.

성실하게 눈앞의 과제를 마주보는, 지극히 일상적인 시추에이션이 있을 뿐이었다.

조금 생각하고서 나는 아야세 양의 정면, 식탁을 끼고 반대쪽에 앉았다.

"옆에 안 앉네?"

"그 거리는 어쩐지 위화감이 있으니까."

"아버지랑 엄마가 집에 있을 때는 언제나 옆에 앉잖아."

"두 분이 계신 거랑 아닌 건 조건이 크게 다르다고 생각하는데."

"그래?"

그렇고말고. 한 순간 전까지는 이렇게 확신을 가지고 있었는데, 아야세 양의 드라이한 표정을 보자 동급생 여자를 상대로 함부로 다가가지 않으려는 배려마저 반대로 실례가 되는 것이 아닐까 생각하게 되어 버린다.

이성으로서 일체 의식하지 않고 철저하게 플랫한 태도를 유지할 수 있다면 제일이지만, 그렇게 딱 잘라내기에는 그녀는 너무 많은 매력을 갖추고 있었다.

그것은 내 취향이 어떤가 하는 문제가 아니라, 객관적인 사실이다. 학교에서 안 좋은 소문이 흐르거나 무서워하는 사람이 있는데도 불구하고 고백하는 남자가 잔뜩 있으니, 그 매력은 통계적으로 증명되었다고 해도 과언이 아니다.

……지난달의 사건도 아직 기억에 남아 있었다.

스스로 돈을 벌 수단을 생각하여, 논리적으로 생각한 끝에 그녀는 참 이상한 결론에 이르렀다. 속옷 차림으로 다가오는 그녀의 모습이 아직도 때때로 플래시백으로 떠올라 버린다.

그래도 평소의 생활 속에서는 의식하지 않는데(시도 때

도 없이 그런 광경을 떠올려 버리면, 성욕 왕성한 원숭이 그 자체다), 이렇게 단둘이 되거나 물리적으로 거리가 가까워지면 그 때의 기억이 떠오르는 것도 어쩔 수 없는 일이다.

"있지. 반드시 잊겠다고 약속했는데, 어째서 아직도 기억하고 있어?"

"어. 그런 약속 했었나?"

마음을 읽은 것 같은 물음에, 나는 당혹하며 대답했다.

약속은 안 했었을 텐데.

잊을 거라고 맹세한 건 내 마음속에서고, 아야세 양하고는 그 일에 대해 아무 대화도 하지 않았다.

신기하게 생각하여 아야세 양의 얼굴을 봤더니, 그녀는 나보다 두 배는 허를 찔린 것처럼 고개를 갸웃거렸다.

"했어. 뭐, 처음에 슬쩍 이야기했을 뿐이니까, 기억에 남기 어려웠겠지만."

"미안, 아야세 양. 무슨 말을 하는 건지 전혀 모르겠어."

"집중해 줘. 현대문학, 잘 하잖아? 아사무라 선생님."

그녀의 말을 듣고서야 그녀의 손가락이 답안용지의 일부를 가리키고 있다는 걸 깨닫고, 나는 드디어 이해했다.

"……그렇군. 어느샌가 이야기가 바뀌었구나."

"안 바뀌었어. 계속 이 문제 이야기하고 있었는걸."

"미안. 내가 여러모로 착각을 한 모양이야. 공부, 시작하자."

아무래도 이미 공부는 시작된 모양이다.

그녀는 내 머릿속의 파렴치한 상상을 탓한 것이 아니라, 현대문학의 이해 못하는 부분을 나에게 물어본 것에 지나지 않았다.

"고마워. 그래서, 방금 그 질문……."

"아, 잠깐. 공부하는 방식을 제안하고 싶은데, 괜찮을까?"

"물론이지. 성적이 올라간다면 뭐든지 환영이야."

"우선 현대문학의 어디가 서투른지 알아내고 싶어. 답안용지랑 문제지 줘봐."

"응. 여기."

내 말대로 슥 내미는 아야세 양. 금발에 피어스를 달고 있는 불량아 같은 용모와 반대로 솔직하고 착한 학생이었다.

빨간색으로 무자비하게 적힌 38이라는 점수는, 역시 그녀에게 어울리지 않는 것 같다.

그저 이해부족, 능력부족, 노력부족이라고 생각하기가 어렵다.

뭔가 점수를 따지 못하는 뿌리 깊은 원인이 있을 거라고 믿으며, 나는 그 답을 알아내기 위해 아야세 양의 시험 결과를 구석구석 관찰했다.

그리고, 발견했다.

"논문의 독해나 한자는 거의 완벽하게 하고 있어. 실점은 거의 소설의 독해 부분이네."

"……그렇네. 그게, 내가 서투른 분야야."

"아마 낙제점까지 간 건 처음 아냐? 이번에는 소설 분야의 점수 비중이 지금까지 봤던 시험보다 높았으니까."

"정답. 거기까지는 나도 분석이 되긴 하는데, 해결책을 찾을 수가 없어."

그녀의 어깨가 처졌다.

"처음 부분의 논문 문제는 정답률이 높아. 그런데 소설 문제 두 개 다음에 있는, 또 하나의 논문 문제는 손을 못 댄 게 보이네. 이거, 소설에서 고전한 탓에 시간이 부족해진 패턴 맞아?"

"마치 훤히 본 것 같이 말하네."

"아니야?"

"아니, 맞아. 그래서 약점을 찔린 것 같아서, 조금 기분이 상했는걸."

무표정 속에 뚱한 낌새가 섞였다.

"미안. 너무 직설적이었네."

"용서했어. 그리고 나에게 진심으로 가르쳐주려고 파고든 건데, 무심코 욱해서 미안."

"응. 피차일반이라는 걸로."

처음 가족이 되었을 무렵에 나눈 약속을 나와 아야세 양은 실행했다.

담아두지 않고, 괜히 속을 캐지 않는다. 에러가 생기면 즉시 간격 조정을 하고, 서로 합의점을 찾는 관계.

감정의 변화를 표정의 변화로 끝내지 않고, 불쾌하게 느낀 그 감정을 있는 그대로 말하는 것은 솔직히 편했다.

"그래서, 아야세 양이 특히 고전한 건 이거야. 나츠메 소세키의 『산시로』. 정답을 하나도 못 맞혔고, 명백하게 이 문제 뒤부터 공란이 늘어났어."

"정말이네……."

"자각 없었어?"

"문제를 푸는 걸로도 벅찼으니까. 다른 것보다 더 풀기 어려운 문제였다고 생각은 했어."

"그게 크리티컬하다는 건 눈치 못 챘다, 이거구나."

시험에는 해답의 리듬이라는 것이 있다.

인간이 수작업으로 하는 이상, 그 결과는 정신 상태에 크게 좌우된다. 술술 풀고 있다고 실감하면 뇌는 쾌감을 느끼고, 펜을 쥔 손이 멋대로 움직일 정도의 기세로 단숨에 나아간다.

반대로 막혀 버려서 움직이지 못하면 뇌가 정체를 깨닫고, 정체감이 스트레스를 불러서 스트레스가 지능의 저하를 불러온다.

따라서 시험에서 최고의 결과를 남기고 싶다면, 멘탈을 안정시키고 리듬을 무너뜨리지 않으며 풀어가야 한다.

……어떤 책에서 이런 내용을 읽은 적이 있다. 영향을 받기 쉬운 나는, 그 책을 읽은 뒤로 우직하게 거기에서 소개한 방식을 시도하고 있었다.

순식간에 답할 수 있는 문제, 조금 생각하면 답할 수 있는 문제, 시간을 들여 숙고해야 간신히 풀 수 있는 문제. 수많은 문제를 그렇게 분류하고, 자신에게 가장 편안한 리듬으로 풀어나가면 자연스럽게 답안용지를 채울 수 있다.

"아야세 양처럼 논리적 사고력이 높은 사람은, 문제를 완전히 이해 못하면 기분 나쁠 거라고 생각해. 금방 이해할 수 있는 문제라면 뚝딱 풀 수 있겠지만, 늪에 빠지면 영원히 붙잡히게 돼."

그렇다면, 지금까지 서투른 현대문학을 개선하지 못하고 있던 이유도 어쩐지 짐작이 간다.

자신은 어디까지나 정확하게 푸는 방법을 시행하고 있다고 뇌가 판단하고 있으니, 개선하려고 해도 그 실마리를 붙잡지 못하고 있었을 것이다.

"그렇구나."

내 설명을 듣고 아야세 양이 가볍게 신음했다.

"분명히 다른 교과는, 무의식적으로 인스턴트하게 풀고 있었던 것 같아."

"다시 말해서 현대문학, 그것도 소설 분야에서만, 그렇게 대처 못하는 이유가 있을 거야."

"이유……."

"이유를 알면 대처법도 찾을 수 있어. 일단 이 『산시로』를 통해서, 아야세 양의 무엇이 소설에 대한 이해를 가로막는 건지 생각해보자."

출제 범위의 문장을 슥 훑어보았다. 전문을 문제로 내는 건 아무리 그래도 힘드니까, 게재된 것은 『산시로』의 일부분이다.

1800년대 후반기부터 1900년대 초반까지 문호로 이름 높은 나츠메 소세키의 작품 중에서도 특히 순애 소설의 색채가 강한 이 작품은, 현대 고교생이 읽어도 이해하기 쉬운 편 같았다.

문학이라고 하면 거북해하는 사람도 많을지 모른다. 하지만 이것은 그 날 그 순간의 서민과 현실을 토대로, 동경이나 공감 같은 것을 양념으로 치고 있었다. 말하자면 당시의 트렌드를 반영한 드라마 같은 것이다.

본질적으로는 현대의 연애소설과 큰 차이 없다.

차이가 있다면, 그 시대의 모습을 성실하게 오려낸 덕분에 역사 자료로서의 가치를 인정받기 쉽다는 것. 그래서 이렇게 교과서에 실려 쭉 이어지게 되었다는 것 정도겠지. 물론 그 「정도」 하나의 차이로 가치가 크게 변하는 것이 문학의 세계니까 리스펙트해야 하는 건 당연한 일이다.

"솔직히, 상당히 어려웠어. 하지만 반의 다른 애들 반응을 보니까, 다들 간단하게 풀었던 것 같아."

"『산시로』는 정략결혼이 당연한 연애관의 사회에서는 선진적인, 자유연애와 갈등을 묘사한 작품으로 유명하지. 당시로서는 상당히 새로운 연애관이었으니까, 오히려 현대인이 읽으면 이해하기 쉬운 부분도 많을 거야."

"그래? ……어느 부분이 이해하기 쉬운 걸까? 무의식적인 행동?"

자기 손가락을 살짝 깨물면서, 아야세 양이 고개를 갸웃거렸다.

"반대로 아야세 양이 어디를 이해 못하는 건지 말로 풀어보는 편이 빠를 것 같아. 하나씩 꼽아서 말해봐."

"주인공인 산시로가 생각하는 것, 주역 같은 미네코가 생각하는 것. 그리고 이 두 사람 다 사고방식도 그렇지만, 행동의 의미를 전혀 모르겠어."

"으음~. 산시로가 미네코에게 반했다는 건, 알겠어?"

"그래?"

아야세 양이 소박하게 눈을 깜박였다.

진심으로 뜻밖인지 놀라고 있다. 그 표정은 내가 짓고 싶은데 말이야.

특별히 독서 경험을 쌓은 사람이 아니라도, 어느 정도의 독해력이 있으면 이해할 수 있을 정도의 심리묘사였을 텐데. 다른 모든 교과에서 고득점을 따는 두뇌를 가진 그녀가 읽고 캐치하지 못하는 건 너무 부자연스럽다.

"거기서부터 걸리면, 꽤 어렵겠는데. 으~음. 어떻게 설명하면 좋을까."

"반했다……. 다시 말해서, 연애적인 의미로 좋아한다는 거지?"

"그래. 묘사가 조금 세련된 느낌이거나, 거창한 연출을 하고 있지만. 특히 히로인에게 다른 남자가 다가갔을 때 질투심 같은 건, 굉장히 알기 쉽지 않아?"

"질투……. 산시로는, 미네코가 다른 남자랑 대화하는 걸 싫어하는 거야?"

"적어도 나는 그렇게 보여."

"하지만, 본인에게 그러지 말라고 말하지 않잖아. 싫으면 주장하면 될 텐데."

"뭐, 그러지 못하는 서투른 성격이니까. 그리고 좋아하는 상대와 대화하는 것이 심리적으로 힘든 게 아니었을까 생각해."

"진심을 말로 하지 않고 숨기는 사람의 마음, 난 솔직히 잘 모르겠어. ……나는 그런 식으로 안 하니까."

"진심을 말하지 못하는 장면을 상상해보면 어떨까? 첫사랑에 대한 마음 같은 거. 연애감정이 마음을 휘저어서 올바른 선택지를 고르지 못한 경험, 없어?"

"없어. 연애경험 같은 거 전혀 없으니까."

"그렇구나……."

"아사무라 군은 있어?"

"……그렇게 물어보면, 없지."

정확하게는 철들기보다도 전에, 보육원 선생님한테 프러포즈를 한 적이라면 있다. 그렇다고 한다.

그러나 그것도 아버지한테 들은 얘기라서, 사실인지 아닌지도 수상하다. 노카운트다.

초등학교에 들어간 다음, 확실하게 기억에 남는 범위에서는 계속 부모님의 불화를 봐온 기억밖에 없으니까 도저히 여자애랑 행복한 연애관계나 결혼생활을 몽상할 수 있는 순수함은 가지지 못했다.

"흐응, 없구나."

"……안돼?"

"아니. 그저, 똑같이 연애 미경험이라면, 현대문학의 점수하고는 상관없다는 결론이 나올 것 같아서."

"분명히, 어디서부터 갈라진 건지 흥미가 생기네."

어쩌면 오타쿠 취미, 인 걸까?

현실의 여자애랑 사귀는 몽상을 한 적은 없지만, 소설이나 만화나 애니메이션 같은 작품 속에 나오는 히로인을 매력적이라고 느낀 것은 일상다반사였다. 그래서 이른바 연애의 의사체험을 픽션 속에서 경험했다.

그 학습의 축적이 있는지 없는지, 그걸로 연애 감정의

묘사에 대한 이해력에 차이가 생겼다는 건 가설로서는 유력해 보였다.

그렇지만, 만약 그렇다면 재시험까지 이에 대한 학습은 거의 불가능하다는 절망적인 결론밖에 안 나온다. 그렇게 자포자기를 해버리면 가정교사 실격이라는 말밖에 못한다.

여기선 건설적인 해결책을 제시해야 한다.

"그러면, 감정이입으로 푸는 건 관두자. 읽을 수 없는 감정은 읽을 수 없다고 딱 잘라 버리는 거야."

"그러면, 찍기 작전?"

"아니. 적혀 있는 내용을 정보로서 파악하고, 기계적으로 해답하자. 인식을 전환하면 되는 거야."

"인식을, 전환해?"

"그래. 사람의 마음을 읽어내야 한다고 생각하니까 늪에 빠지는 거야. 숫자랑 똑같이, 수식에 맞추는 퍼즐이라고 생각하고 풀면 돼. 아야세 양, 역사 점수는 꽤 높았으니까 특기지?"

"응. 그래. 암기하면 되고. 단순하게 역사는 흥미로운 일이 많으니까."

"사실 현대문학은, 작품명과 그게 쓰인 시대배경을 묶어서 기억해 두면 의외로 내용을 파악하기 쉬워. 역사가 특기니까, 그 지식이랑 묶어서 생각하는 방식만 자신에게 인스톨할 수 있으면, 술술 이해할 수 있게 되지 않을까?"

「말은 쉽지만 실행은 어렵다」의 전형적인 예라고 생각은 한다.

그러나 그녀의 기초 스펙을 고려하면 충분히 가능할 것이다.

"확실히, 그게 더 쉬울 것 같아."

"일단 『산시로』로 연습을 해보자. 재시험에서 또 『산시로』가 나올지는 알 수 없지만, 출제되는 작품의 패턴은 그렇게 많지 않아. 방법만이라도 익숙해지면, 아마 당일까지는 대응할 수 있을 거야."

"……재시험, 통과할 수 있을까?"

담백한 어조로, 소박한 의문처럼 물어보는 아야세 양.

하지만 그녀를 어느 정도는 이해하는 나니까 할 수 있는 말인데, 질문을 하는 시점에서 그녀는 내심 상당히 불안해하고 있다.

그야 그렇겠지. 계속 서툴렀던 분야라고 생각했으니까.

그러나 동시에 그런 반응이야말로, 분명히 잘 될 거라고 확신하게 해주었다.

아야세 양은 요령을 익히면 금방 할 수 있다는 물렁한 생각을 가지지 못하는 사람이다. 그렇기에 설령 멀리 돌아가게 되더라도 언젠가 반드시 목적을 달성할 수 있는 타입이다.

"할 수 있어. 아야세 양이라면."

"응, 그러면 아사무라 군을 믿고서, 열심히 해볼게."

도무지 근거가 없다. 그러나 의심이나 비꼬는 기색도 없이 진심으로 그렇게 말하고, 그녀는 스마트폰을 들고 『산시로』가 쓰인 시대배경이나 해설을 조사하기 시작했다.

방침이 정해지면, 다음은 우직하게 실행하면 된다.

그 뒤로 그녀의 집중은 어마어마했다. 『산시로』의 해설 사이트를 구석부터 구석까지 보는 동안 기계처럼 눈도 깜빡이지 않고…… 이건 좀 과장이지만, 그런 착각이 들 정도로 꼼짝도 하지 않았다.

중간에 내가 마실 것을 가지러 일어서거나 스마트폰으로 다른 것을 조사하고 있어도, 시선을 전혀 움직이지 않고 하염없이 자신이 해야 할 일을 하고 있었다.

공부를 가르치는 이벤트라고 하면 요령이 안 좋은 여동생 히로인에게 고생하거나 침묵을 견디지 못한 여동생이 장난을 쳐서 서비스 전개가 되는 것이 왕도겠지만, 현실의 의붓 여동생은 그저 열심히 공부를 할뿐이다.

설령 에로틱한 전개가 없더라도, 정적 안에서 펜을 움직이는 소리만 때때로 울리는 이 시간은 나에게 정말로 마음 편한 한때였다.

결론—.

이 공부법은 큰 성과를 발휘했다.

한 차례 『산시로』의 인풋 시간이 끝난 다음, 내가 문제지를 손에 들고 하나씩 실제 시험과 같은 문제를 냈다. 아야세 양은 막힘없이 답을 맞혔고, 하나도 남김없이 정답이었다.

역시 머리가 기본적으로 좋은 거겠지. 푸는 방법을 익히면 금방 이렇다.

"축하해. 이제 나올만한 소설을 전부 마스터하면, 현대문학은 이제 무서울 것 없어."

"고마워. 가르치는 거, 잘 하네."

"……윽! 아, 아니, 그렇지는, 않고."

겸손하기까지, 한 순간 틈이 있었다.

솔직하게 감사 인사를 한 그녀의 입가가, 아주 약간 올라간 것처럼 보였으니까.

"혹시, 웃었어?"

"글쎄? 잘 모르겠어."

그녀는 시치미를 떼는 것처럼 어깨를 으쓱거리더니, 얼버무렸다.

속마음을 읽을 수 없는 미스터리한 그 태도는, 얄궂게도 아야세 양이 이해불능이라고 평가한 『산시로』의 히로인과 아주 닮아 있었다.

●7월 17일 (금요일)

아침. 나는 아직 잠이 덜 깬 머리 그대로 침대에서 내려와 방을 나섰다. 세면장으로 가는 복도 중간에서 가족과 딱 마주치지 않도록 어쩐지 발소리를 죽이게 된다.

의붓 여동생이 생기기 전과 후로 크게 변한 점 중 하나가 있다면 바로 이것.

아침의 생활습관이었다.

아버지랑 둘이서 살 때는 머리 삐친 건 물론이고, 기운 빠진 눈, 땀 냄새가 밴 파자마 차림이라도 아무렇게나 집 안을 돌아다녔다.

그러나 지금은 무리.

아야세 양과 아키코 씨. 거의 타인에 가까운 두 여성이 볼 가능성이 높은 상황에서 불결할지 모르는 한심한 모습을 드러낼 정도로 나는 용사가 아니다.

사람이 없는 걸 확인하고, 세면장에 들어가서 거울로 자기 얼굴을 체크. 메마른 목을 양치질로 적시고, 붓기가 있는 볼을 반죽하는 것처럼 세안하고서, 면도기로 살짝 자란 수염을 깎았다.

완벽, 한지 아닌지는 잘 모르겠다. 적어도 남들 앞에 나서기에 부끄럽지 않은 몸가짐을 갖춘 나는 가슴을 펴고 거실로 갔다.

"안녕? 아야세 양."

오늘 아침에도 그녀는 완전무장이었다.

머리칼은 삐침 없이 정돈되어 있고, 화장도 확실하게 해서 흐트러짐도 틈도 없다. 복장도 다림질해서 깔끔하게 주름을 편 학교 지정의 교복을 소화하고 있었다.

몸가짐에 빈틈이 있는 의붓 여동생을, 나는 아직 한 번도 못 봤다.

어제 밤늦게까지 현대문학의 주제가 될 수 있는 소설의 정보를 모아서 암기하고 있었을 텐데, 평소와 같은 시간에 똑같이 거기 있다. 그녀의 자제심은 경이적이다.

덤으로 식탁에 펼쳐 놓은 교과서와 스마트폰이 눈에 들어왔다. 지금 그야말로 공부를 하고 있었던 모양이다.

내 인사를 들은 아야세 양이 고개를 들더니, 당연하다는 듯 일어섰다.

"안녕? 아사무라 군. 간단히 만들 수 있는 거라면 좋겠는데, 달걀 프라이라도 괜찮아?"

"아, 오늘은 아침은 됐어. 적당히 토스트라도 구워 먹을 테니까."

"어, 왜?"

"재시험 공부에 집중하고 싶을 거잖아?"

시야 끄트머리에 싱크대의 모습이 눈에 들어왔다. 지금

막 설거지한 것으로 보이는 그릇이 두 장. 하나는 아마도 이른 아침에 누구보다도 빨리 집을 나섰을 아버지가 뭔가 먹은 흔적. 그리고, 또 하나는 아야세 양이겠지.

내 기상을 기다리지 않고, 간편하게 만들 수 있는 것을 만들어 먹고, 공부 시간을 확보한 게 틀림없다.

"하지만, 약속했잖아."

"지금 현재, 이쪽의 빚이 더 많잖아. 나로서도 재시험에 붙어주면 메리트가 크니까, 공부에 집중해주는 편이 더 좋아."

대화를 흐리지 않고, 스트레이트로 말을 전했다.

실제로 재시험에 떨어지면 보충수업을 받아야 되니까, 아야세 양이 자립하기 위해서 알바를 하는 시간도 줄어들게 된다. 그렇게 되면 공부 효율이 어떻고 이야기할 상황도 아니게 된다. 당연히 교환 조건인 요리도 사라지고, 내 식생활도 마구마구 흐트러지게 되겠지.

일방적으로 부담을 떠넘기는 게 아니라는 걸 납득했는지, 아야세 양도 순순히 물러났다.

"고마워. 그렇게 할게."

"천만에요, 라고 말은 하지만 빚 진 건 아냐."

"……응. 알았어."

작게 웃고서, 지금 막 들었던 엉덩이를 내려 테이블 앞에 앉았다.

집중 모드에 들어간 의붓 여동생의 모습을 보고 만족한

나는 다이닝 키친으로 갔다.

그러면, 어디 오랜만에 실력 발휘를 해볼까.

식빵에 슬라이스 치즈를 올리고 굽는다는 고도의 테크닉. 설마 다시 선보일 날이 올 줄이야. 후후후.

마음속으로 자신을 치켜세워주면 귀찮은 작업이 조금은 즐거워지니까, 남자 고교생이란 생물은 행복한 존재다.

……혹시 여자 고교생도 비슷한가? 다음에 공부에 방해되지 않는다면 아야세 양한테 물어볼까?

토스트는 깔끔하게 구웠다. 공백이 느껴지지 않는 훌륭한 황금색이다. 치즈도 예술적으로 구워졌다.

상상 이상으로 늘어나 끊어지지 않는 치즈를 끊어내려고 내가 고전하고 있는 와중에도, 정면에 앉은 아야세 양은 계속 공부에 집중하고 있었다.

굉장한 집중력이다.

지금도 이 수준으로 집중할 수 있다면, 더욱 학습 효율을 올릴 여지가 남아 있는 건 아닐까?

작업용 BGM이라고 해도, 어중간한 건 안 될 것 같네.

"응, 으음……."

토스트의 100%가 위장으로 사라질 무렵, 식후의 커피로 마음을 진정시키고 있는데 아야세 양이 양손을 머리 위로 뻗으면서 요염한 소리를 냈다.

아니지. 요염한 느낌이라는 건 주관적이고, 아마도 본인에게 그럴 셈은 없다. 미안, 아야세 양.

다만 교복이라지만 하복은 얇다. 양팔을 뻗으면 반팔 소매가 흘러내려서, 그 틈으로 보이는 피부의 면적이 늘어나버린다. 아무리 이성으로 컨트롤하려고 해도 의식하게 된다.

그런 눈으로 봐도 되는 상대가 아니다. 그건 실례다. 자신에게 되뇌이며 호흡을 진정시키고, 지극히 자연스러운 일상 대화를 시도했다.

"얼추 정리됐어?"

"응. 이제 슬슬 출발하려고."

"일찍 가네."

"오늘은 내가 선공인 게 효율적이잖아. 식사도 준비도 내가 먼저 다 끝냈으니까."

선공, 이라는 건 집을 나서는 순서를 말한다.

같은 집에서 같은 통학로로 함께 등교, 그런 눈에 띄는 짓은 되도록 피하는 게 리얼한 의붓 여동생이다.

"그것도 그렇네. 다녀와."

"다녀오겠습니다."

"……아. 잠깐만!"

짐을 챙겨서 거실을 나서려는 등을 급하게 불렀다.

왜? 하고 그녀가 돌아보았다.

"등교하면서 공부는……."

지난달 아야세 양이 영어 리스닝을 하면서 등교했을 때,

대형 차에 치일 뻔했던 일을 떠올리고 말했다.

지난 일을 다시 꺼내는 건 썩 좋은 아이디어일지 모른다고 생각하니 말꼬리가 애매해진다. 그렇지만 솔직한 걱정을 말하지 않을 수 없었다.

"안 해."

돌아보고, 그녀는 잘라 말했다.

그리고 얼굴을 살짝 붉히며, 뚱한 기색으로 반복했다.

"같은 실수, 안 하니까."

"그러면 됐어. 미안, 괜히 들먹여서."

"아냐. 그러면, 갈게."

고개를 돌리고, 도망치는 것처럼 거실을 나섰다.

……실수했나?

커피의 씁쓸한 맛을 혀로 느끼면서 홀로 조용히 배드 커뮤니케이션을 반성했다.

그 일은 아야세 양에게 있어 남에게 보여주기 싫은 자신의 노력하는 모습을 보여주게 되어, 부끄러움을 느끼며 떠올릴 기억이다. 건드리면 기분이 틀어지는 것도 무리가 아니다.

아직 멋진 오빠의 길은 멀구나.

자신의 힘이 부족한 것에 대한 탄식을 쓴 맛으로 얼버무리고자 커피를 한 모금 마시고, 문득 깨달았다.

"노력하는 모습, 처음엔 보여주기 싫어했었지."

아까 전부터 의붓 여동생은 눈앞에서 뭘 하고 있었지? 어제, 내 앞에서 어떤 모습을 보였지?

변화가 너무 미묘해서 전혀 깨닫지 못했는데, 처음 무렵과 비교하면 그녀는 상당히 약한 모습을 보여주게 되었다.

한 걸음씩이긴 하지만, 우리들은 분명히 남매에 다가가고 있는 걸지도 모르겠다.

입시명문고라도 방학 직전에는 느슨해진다.

장기 휴가를 보내고 나면 어차피 기억이 유지되지 않는다. 그래서 교사는 끊기 좋은 곳까지 진도를 나가면 수업을 그만해 버린다. 남은 시간은 저절로 자습이나 복습, 심한 경우는 잡담 시간이 되고, 성실함을 요구하지 않는 분위기가 형성된다.

그러니까 몰래 책상 아래서 스마트폰을 만지고 있어도, 아무도 뭐라고 하지 않는다.

지금 이 순간, 교내에서 가장 진지하게 공부하고 있을 가능성이 있는 아야세 양에게 도움이 될 작업용 BGM을 찾고자 나는 광대한 인터넷의 바다를 헤맸다.

그러는 사이에 점심시간이 되었다. 점심용으로 사둔 빵을 재빨리 먹은 다음, 나는 묵묵히 자리에서 일어섰다. 의자가 움직이는 소리를 깨달은 마루가 스마트폰을 만지던 손을 멈추고 고개를 들었다.

"어? 아사무라, 어디 가게?"

"도서실."

적당히 대답했다.

사실 도서실에 갈 생각은 없다. 그러나 대충 아무데나 어슬렁거릴 거라고 솔직하게 답하면, 불필요하게 의미심장해져 버릴 것 같아서 조금 각색했다.

그러냐며 대답한 마루는 다시 시선을 스마트폰에 떨궜다. 나와 마루의 쉬는 시간에는 흔한 광경이다.

마루하고는 친구지만 늘 수다를 떨거나, 달라붙어서 다니는 사이가 아니다.

이렇게 서로서로의 페이스로, 각자의 시간을 보내는 게 보통이다.

과잉된 속박이나 동조압력을 싫어하는 사람들끼리 호흡이 맞기에 계속 친구로 지낼 수 있다고 생각한다.

교실을 나서서, 나는 도서실로 향했다. 도서실이 목적지는 아니지만 도서실로 가는 길을 걸었다.

다시 말해서, 목적은 없지만 걷고 싶었다.

전에 알바 선배— 요미우리 선배가 추천해줘서 읽은 책에, 사람은 의자에 계속 앉아 있는 것보다 걷고 있을 때 아이디어가 잘 떠오른다고 적혀 있었다.

그 책을 읽은 뒤부터 이래저래 꽤 우직하게 실행해왔다. 난 영향을 받기 쉬우니까.

그 밖에도 혹시 좋은 발상이 떠오르지 않을까? 그런 생각을 하며 스마트폰으로 과학적인 효과가 있을 법한 작업용 BGM을 찾기 위해 신탁을 기다리듯 계속 걸었다.

복도를 계속 걷다보니, 정말로 도서실 앞까지 와버린 참에 갑자기 누가 등을 두드렸다.

“야호~. 오빠야, 뭐해?”

“……윽! ―하아.”

갑작스런 충격에 놀라 숨이 막혔다. 퍼뜩 경계하면서 돌아보자, 그곳에 잘 아는 여학생의 얼굴이 있었다.

생글생글 호기심이 듬뿍 담긴 밝은 미소. 밝은 머리칼이 가볍게 웨이브진 잘 꾸민 소녀. 학년 남자들 사이에서 남모르게 인기를 자랑하며, 아야세 양과 같은 반인 나라사카 마아야 양이다.

유일하게 나와 아야세 양의 의남매 관계를 알고 있는 동급생.

깨닫고 보면 옷장 틈에 파고들어있을 법한, 장난을 좋아하는 고양이가 떠오르는 그녀는 지금 막 도서실에서 나왔는지 책 몇 권을 손에 들고 말똥말똥한 눈으로 내 반응을 살피고 있었다.

“뭐야? 나라사카 양이구나. 무차별 살인마인줄 알았네.”

“에엑, 그게 뭐야! 학교 안에 그런 게 있을 리 없잖아.”

“아니지. 어디서 마주칠지 모르니까 무차별이라고 하는

겁니다. 아무리 아는 사람이라도 갑자기 공격하는 건 좋지 않아."

"에~, 이 정도 스킨십은 평범하다고 생각하는데~."

"나라사카 양은 늘 그래?"

"그럼."

"아야세 양한테도? 그다지 상상이 안 되는데."

"사키한테도! 귀찮다고 하면서 내심 기뻐하거든."

이미 싫어하고 있었구나.

"그건 귀찮아하는 거잖아."

"귀찮아~ 귀찮아~ 라고 답변하는 것도 좋아하는 거라고 하잖아?"

"안 그래요. 그리고 그 사고방식의 결말은 성희롱이니까 조심하는 게 좋아."

"어라? 왜 내가 남자애한테 성희롱에 대해서 설교를 받는 걸까?"

"남성에 대한 여성의 성희롱도 성립하니까."

"으음……. 아사무라가 사키 같은 말을 해."

이미 들은 말이면 고칩시다.

"그러면 나도 할 말 있어. 걸으면서 스마트폰 들여다봤지~. 아사무라도 유죄! 유죄!"

"논점 돌리기……."

"에잇, 그렇게 인텔리 같은 말만 하지 마!"

뾰로통해져서 삐치는 나라사카 양.

기습적인 스킨십, 거침없는 태도, 사소한 부분을 놓치지 않는 지적. 모조리 미움 받을 법한 행동인데도 그 모든 것이 왜인지 싫게 느껴지지 않는 것은 그녀의 작은 몸집 덕분일까? 아니면 말하는 태도 탓일까? 알 수는 없지만, 그건 분명히 그녀만 가진 카리스마 같은 것이리라. 다른 사람이 섣불리 그녀를 흉내 내면 대참사를 일으켜서 탈탈 털리게 될지도 모른다.

남학생들 사이에서 인기가 높은 이유도 그게 아닐까?

"책, 읽는구나?"

너무 계속 탓하기도 그러니까, 내가 다른 화제를 꺼냈다. 들고 있는 책의 판형과 책등의 분위기를 보니, 순정 장르 문고 소설인 모양이다.

"이거 말이야. 기대하고 있던 신간이 들어왔길래 한꺼번에 빌렸어. 여름방학도 가깝고!"

"빌리는 쪽인가……."

서점 알바의 입장이다 보니 책은 서점에서 사줬으면 좋겠지만, 뭐 그건 사람마다 다르다.

용돈 사정도 가정에 따라 다르고 소유욕구도 개인차가 있을 테니까, 자신의 가치관이 절대라고 생각하지 않는다.

"시험 기간에는 계속 참았으니까~. 다시 한번 단숨에 읽어주겠어! 하는 느낌이야."

"아하하. 그렇게 말하는 걸 보니, 재시험은—."

"없어요. 낙제한 적 없는걸."

"호오."

"종합 808점이야. 엣헴……."

"어."

무심코 목소리가 나왔다.

그러자 나라사카 양의 의기양양한 표정이 한 순간에 불만의 색으로 물들었다.

"아~! 지금 놀랐지! 내가 평균 90점 가까운 거, 뜻밖이라고 생각한 거야?!"

"……죄송합니다. 솔직히 그랬어요."

순순히 자백했다.

"너무해~. 이래봬도 학년 상위거든~."

"사람을 인상으로만 판단하는 건 좋지 않았어. ……반성해야지."

"그거 인상은 바보라고 말하는 거랑 똑같지 않아!? 아사무라, 의외로 자각 없는 S야?"

"그런 생각은 전혀……."

……없다고 말해도 설득력이 없겠네. 자각이 없다는 말이 푹 찌르고 들어와서 아프다.

나라사카 양이 얼굴을 바짝 들이밀었다.

"조금이라도 미안하다고 생각한다면 하나 가르쳐줘."

“어? 어어…… 좋아.”

“걸으면서 스마트폰 만진 거. 사키랑 메시지로 꽁냥꽁냥 한 거지?”

“아닌데.”

“에~. 정말? 사키도 오늘 계속 스마트폰 만지고 있었단 말이야. 분명히 아사무라랑 좋은 느낌이 된 걸까~하고 생각했는데.”

“이상한 오해를 하네.”

아마 그거, 명작 소설의 해석을 조사하고 있는 것뿐이겠지.

애당초 나랑 아야세 양의 진짜 관계를 알면서, 어째서 그런 발상이 나오는 걸까? 이제 막 남매가 된 남녀가 연인 관계로 발전할 리가 없잖아.

“조사할 게 있는 것뿐이야.”

“조사할 거?”

“증거를 제시합니다.”

“헤에~.”

맥 빠진 표정으로 고개를 갸웃거리는 나라사카 양에게, 스마트폰의 검색 화면을 보여줬다.

“작업용 BGM? 어째서 그런 걸 조사하는데?”

“그러니까. 그건 말이죠…….”

체면을 차리려는 약삭빠른 자신이 쓸데없이 존댓말을 꺼냈다. 얼버무릴 필요도 없나? 나는 금방 생각을 고쳤다.

"아야세 양한테 소개하려고."

"사키한테?"

나는 순순히 경위를 설명했다.

몇 번인가 대화하면서 깨달았는데, 나라사카 양은 상당히 자기 생각을 성급하게 확신하는 타입이다.

섣불리 숨기면 진짜 이유를 알았을 때, 「어째서 숨겼어? 혹시?」라면서 괜한 망상을 가속시킬 위험이 있다. 처음부터 지루한 진실을 말해두면, 묘한 호기심 안테나에 걸리지 않는다.

물론 피땀 흘리며 노력하는 아야세 양의 편린은 되도록 드러내지 않고, 어디까지나 스마트하게 학습 효율을 올릴 방법을 모색하고 있는 뉘앙스로 답했다.

그것은 다른 사람에게 노력을 들키기 싫은 그녀의 존엄을 중시해주고 싶다.

"헤에, 사키를 위한 음악이구나. 흐~응."

하지만 그녀는 싱글싱글 웃는다.

"숨은 뜻 없이 진심을 그대로 말해야 상대와 양호한 커뮤니케이션을 할 수 있다고 생각하는데."

"오호, 좋은 말이네~. 아사무라, 커뮤력 자신 있어?"

"……죄송함다."

아픈 곳을 찔리고 말았다. 완전히 자신의 실수니까 이럴 때는 이상하게 발버둥 쳐서 상처를 벌리는 것보다는 얼른 사과해 버리는 게 정답이다.

"좋은 오빠잖아. 쑥스러워하지 말고 자랑스러워하면 될 텐데."

"이 정도 도움으로 좋은 오빠 행세를 하는 건 좀……."

"우와, 고지식해~. 나는 밥 해주는 걸로 좋은 누나라고 뻐기는데."

"동생들이 있었다고 그랬지."

예전에 아야세 양 경유로 그런 이야기를 들은 적이 있었던가, 아니던가.

"있어있어. 잔뜩 있어."

"잔뜩 있구나. 대가족이네."

"100명 정도."

"어……?"

"농담이야. 상식적인 수야."

결국 몇 명이라는 걸까? 신경 쓰이지만, 특급열차처럼 이야기의 템포가 빠른 나라사카 양은 지각한 승객을 기다려주지 않는다. 동생들의 수를 말하기 전에 다음 화제로 출발했다.

"하지만 진짜로 고지식하네. BGM을 검색해서 찾다니……. 진짜 고지식해."

"이 정도는 평범한 거 아냐? 아무리 그래도."

"응~?"

내 말을 진심으로 이해 못 하겠다는 듯, 그녀는 고개를 갸웃거렸다.

……이럴 수가. 아무래도 진심인가 본데.

"검색을 안 하고서, 평소에 어떻게 음악을 찾는데?"

"으음~. 별로 생각한 적이 없어. 귀에 절로 흘러들어오는 것 중에서 필링으로 고르는 것뿐이니까~."

"앱의 추천 기능은 분명히 편리하긴 한데……."

요즘의 음악 앱이나 단편 영상 업로드형 SNS는 AI를 이용한 추천 기능이 탑재된 경우가 많다. 지금까지 접한 컨텐츠나 검색 단어를 참고해서, 홈 화면에 자동으로 취향에 맞는 컨텐츠를 표시해준다.

내가 아무리 유행을 좇아다니진 않는 아싸라고 해도, 추천 기능 정도는 당연히 쓰고 있다.

"하지만, 그것뿐이 아니지? 직접 찾거나……."

"안 하는데?"

"아, 그래……. 그렇구나……."

그녀가 전혀 이해할 수 없는 가치관을 천연덕스럽게 드러내자, 나는 어깨를 푹 떨구었다. 타인에게는 타인의 방식이 있고, 내가 멋대로 실망할 자격은 없지만…… 그래도 어쩐지 무상함을 느끼고 말았다.

"어쩐지 실망한 것 같네."

"실망할 이유는 전혀 없지만. 너무나도 가치관이 다르

면, 좀…… 그렇잖아."

"추천해주는 걸 듣는 것만으로 충분한데 말이지~. 나는 오히려 검색을 고집하는 이유를 물어보고 싶어."

"자동으로 추천되는 걸 듣기만 하는 건, 뭔가 내 의사가 없는 것 같아서 싫거든."

"으흠~?"

"……꼬여 있다는 자각은 있어."

그러니까 그런 무구한 눈동자로 보지 마세요.

평소에는 그림자로 가려져 직시하지 않고 있던 자신의 꼬인 사고가 태양 같은 나라사카 양에게 이끌려 햇빛 아래 드러날 것 같았던 나는, 가볍게 눈을 가리고 하늘을 우러러보았다.

그러나 그녀가 다음으로 보인 반응이 나에게는 뜻밖이었다.

"좋네, 그런 거! 굿이야!"

"놀리는 거지?"

"아니야! 아사무라의 그런 부분, 자신을 가지고 있는 느낌이라 멋지다고 생각해."

"……그건 고마워."

이 정도로 칭찬을 잘 하는 사람도 드물다. 리얼 인싸는 이런 느낌이구나, 하고 생각하게 된다.

만화, 애니메이션이나 게임 같은 픽션에 나오는 리얼충

이나 인싸들에 대해서는 어쩐지 나쁜 묘사가 많다.

히로인을 꼬시려는 경박한 남자, 미인에게 비꼬는 말을 하는 리더 격인 여자애, 음침한 녀석을 비웃거나 공격하는 전형적인 모습의 캐릭터를 잔뜩 보았다.

물론 이야기의 경우 캐릭터에게 역할이 있으니 어쩔 수 없다는 것도 이해하고, 현실에도 그런 녀석은 있다는 것도 알고 있다. 그래도 나라사카 양처럼 진짜 인싸를 보면, 자각 없이 타인이 기뻐하는 행위를 선택할 수 있는 좋은 사람도 많을 거라 생각했다.

귀엽고, 영리하고, 다른 사람을 격려해준다.

아무리 봐도 무적이다.

"나도 검색으로 고른 음악, 들어보고 싶어!"

"오오."

같은 소비 행동의 동지가 태어나는 건가? 이런 기쁜 일이 있나.

"아사무라가 검색으로 발견한 거에서 추천곡을 다음에 알려줘! 그거 들을 테니까!"

"그건 그냥 의지하는 상대가 AI에서 아사무라로 바뀐 거 아냐?"

"그치만, 직접 찾는 거 귀찮은걸."

동지 따위 아무 데도 없는 모양이다. 이런 슬픈 일이 있나.

디지털로 추천을 받는가, 아날로그로 추천을 받는가의

차이뿐이다. 결국, 타인의 감성에 흘러간다.

하지만 그것에 쓸쓸함을 느끼는 건 어디까지나 나의 개인적인 감상에 지나지 않는다.

나라사카 양 같은 생각도 뭐, 있을 수 있지.

방과 후, 나는 약간 우울한 기분으로 알바를 하러 갔다.

금요일 저녁 시간. 18시 전후에 출근하는 직원은 다들 지옥을 맛보게 된다.

탈의실에서 유니폼으로 갈아입고 사무소에 들어서자, 사원과 다른 아르바이트 직원들이 마치 전장에 나서는 병사 같은 표정으로 모여 있었다.

그중에서 단 한 사람.

요미우리 시오리 선배만이, 내가 들어온 걸 깨닫고 태평한 분위기로 가볍게 손을 흔들었다.

과연 마이페이스 몬스터. 이제부터 찾아올 지옥에도 동요하는 기색이 없다.

잠들지 않는 거리, 젊은이의 거리.

시부야는 그런 식으로 불리기 때문에 언제나 혼잡하다는 이미지가 있다. 실제로 그 상상이 크게 틀린 건 아니지만, 그래도 사람들의 왕래에는 파도가 있다.

젊은이가 돌아다니는 토, 일요일은 말할 것도 없고, 평일에도 특히 월요일과 금요일은 지옥이다.

월요일은 오늘날에도 계속 팔리고 있는 업계 최대급 주간 소년 만화 잡지의 발매일이다. 서점이라면 당연히 바빠질 요인으로 바쁜 거니까, 그건 포기하는 수밖에 없다.

대신 금요일은, 이 가게의 독자적인 사정이 크게 작용한다.

시부야는 젊은이의 거리란 얼굴 말고도, 유명 IT기업을 품은 대형 오피스 빌딩이 많이 늘어서 있는 국내 유수의 오피스 거리이기도 하다.

1990년대 후반 무렵에는 주상복합 빌딩의 임대료가 아직 저렴하기도 해서 젊은 기업가가 모여들었다. 그래서 미국의 실리콘 밸리를 흉내 내어 그윽한 계곡— 비트 밸리라고 불린 적도 있다고 한다.

그 무렵에 생긴 기업이 성공을 거두고, 크게 성장하여 현재에 이르렀다. ……전에 요미우리 선배가 권해준 책에 이렇게 적혀 있었다.

그러니까 여기는 일을 마치고 돌아가는 샐러리맨 손님이 많은 가게였다. 금요일에 손님이 늘어나는 건 필연적이다.

「바빠도 밝게 접객을 합시다. 혼잡한 틈을 탄 좀도둑을 조심합시다. 매장을 깔끔하게 유지하고 정비하는 것도 마음에 담아둡시다……」 그런 정해진 확인을 거치고 우리들의 전쟁이 시작됐다.

"하아…… 오늘은 계산대 담당이네……."

"우리 후배가 우울해 보이네."

계산대로 가기 직전, 무심코 흘린 한숨을 놓치지 않고 포착한 요미우리 선배가 어깨를 두드렸다.

“그야 그렇죠. 단순하게 사람 수가 늘어나면 귀찮은 손님도 늘어나니까요.”

“이노옴~. 손님한테 무슨 말을 하는 걸까, 자네는.”

“평소에는 요미우리 선배가 더 말하지 않아요? 이런 거.”

“모르겠는걸~.”

시치미 떼는 표정을 짓는 요미우리 선배. 입 앞에 살짝 검지를 세우고, 「쉿~」 하면서 비밀이란 사인을 보낸다.

아하. 한순간 신기하단 표정을 지으며 우리를 지나친 다른 알바 직원을 슬쩍 보고서 나는 납득했다.

오늘은 둘이서만 일하는 게 아니다. 평소와 같은 태도는 엄금이란 거군.

으음……. 내숭인가.

길고 검은 머리칼의 전통적인 미인. 문학소녀라는 개념의 의인화.

열 명 중 아홉 명이 청초한 일본풍 미녀라고 평가하는 요미우리 선배지만, 그건 터무니없는 오해다. 알맹이는 성적인 농담을 구사하는 아저씨와 거의 비슷하다. 책을 좋아하고 독서를 취미로 가졌으니 틀림없는 문학소녀지만, 문학소녀의 전형을 관철해주지 않는 것이 현실의 엄격함이다.

“정말로, 다른 사람한테는 선배의 본성은 안 보여주네요.”

"대학에서 다들 실망하는 걸 보고 지쳤거든. 내 모든 것을 알고 있는 건, 우리 후배뿐이야."

"이상한 표현은 관두세요."

"사실을 있는 그대로 말한 것 뿐인데에."

이 사람은 또 금방 나를 놀린다.

물론 요미우리 선배가 그런 태도를 보이는 요인은 나에게도 있으니, 불평할 수는 없다.

스스로 말하기도 좀 그렇지만, 나는 여성에게 묘한 기대를 안 하는 연하의 남자란 속성을 가졌다. 아마 아르바이트 동료 중에서도 가장 대하기 쉬운 상대인 거겠지.

마음 편하게 자기 본성을 보여줘도 낙담하지 않고, 이상하게 꼬시려 들지도 않고, 기분 내켰을 때 마음껏 놀려도 진심으로 화내지 않는다.

편리하다. 참으로 대하기 편하다.

그것이 요미우리 선배에게, 나라는 알바 동료의 포지션인 것이다.

"그리고, 왜 태연한 표정인데요? 금요일의 피크타임, 언제나 싫어하잖아요."

"후후훗. 사실 오늘, 매장 정비 & 장소 확보 담당이거든."

"아, 치사해."

어쩐지 여유만만이더라.

장소를 확보하는 업무는 다음날에 입하되는 책이나 잡지

를 둘 공간을 매장 책장에서 확보하는 작업이다.

아침에 개점 직후부터 새로 발매되는 책을 곧장 매장에 진열하기 위해서, 전날에 준비해두는 것이 서점의 루틴 중 하나다. 이 작업을 통해, 발매되었을 책이 보이질 않아 손님이 돌아가 버린다는 기회손실을 막고 확실하게 매상을 올릴 수 있다. 하지만 까놓고 가게의 사정은 아무래도 좋다.

우리들 알바생에게 중요한 것은 오로지 하나. 계산 대응을 안 해도 되고, 생각 외로 편하다는 점.

"치사하지 않아. 입하 준비도 어엿한 근로거든?"

"그야 장소 확보는 장소 확보 나름대로 힘들기야 하겠지만요. ……요미우리 선배, 힘들면 제가 바꿔줄까요?"

"어째서 그런 심한 말을 하는 거야?"

"증명 완료."

천칭에 올리고 비교해 보면, 역시 계산대 일을 하기 싫다. 이해한다.

흥흥흐~흥 콧노래를 흥얼거리면서, 요미우리 선배는 출력된 입하 목록을 계산대 뒤의 서랍에서 꺼내더니 가벼운 발걸음으로 매장에 나섰다.

'이노옴. 선배 녀석.'

반쯤 농담으로 원망하는 말을 마음속으로 중얼거리고, 나는 계산대로 갔다.

그때부터는 지옥이었다.

손님, 손님, 손님. 계산, 계산, 계산. 문의, 문의, 문의.

눈이 돌아갈 정도로 바빠서 힘들긴 하지만, 공략 방법은 알고 있었다.

무아의 경지다. 벨트 컨베이어가 오른쪽에서 왼쪽으로 흘려보내는 기계에 부품을 붙이는 것처럼 무감정하게, 담담하게 접객을 한다. 그렇게 표현하면 실례라고 느낄지도 모르지만, 일단 반복 작업이라고 느껴지지 않을 정도의 의태는 하고 있었다. 그 증거로, 지옥 같은 시간 동안 한 번도 클레임 없이 넘어갔다.

그렇게 바쁜 시간을 보내는 사이, 시간은 모래처럼 녹아내렸다. 깨닫고 보니 밤 9시. 퇴근 시간이 됐다.

"먼저 실례할게요."

"아, 벌써 돌아가? ……와, 벌써 시간이 이렇게 됐어? 금요일은 시간이 흐르는 게 빠르네에."

"제 말이요."

"나도 휴식 들어가야지. 우리 후배는 옷 갈아입고 나서 휴게실에 와."

"어, 왜요?"

"한가하니까."

"에엑……."

"상관없잖아~. 혼자 도시락 먹으면서 보내는 거 쓸쓸해. 귀여운 여동생 체험담을 반찬 삼고 싶단 말이야아."

"남의 생활을 재밌어하지 마세요. ……하아."

조르는 요미우리 선배의 요망함이 듬뿍 담긴 촉촉한 눈동자에, 나도 모르게 깊은 한숨이 흘러나와 버렸다.

아무래도 나는 자신이 생각하는 것보다 100배 정도는 밀어붙이는데 약한 모양이다.

"알았어요. 다만 여동생이랑 이상한 체험 같은 건 딱히 없으니까, 대신 제 상담을 들어주세요."

"오호. 그건 그거대로 흥미로운걸."

하다못해 일방적으로 착취를 당하는 게 아니라, 기브 & 테이브의 관계 정도로 끌고 가서 대등하게 조정하자.

그게 내가 할 수 있는 최선의 저항이었다.

서점의 백야드는 창고, 사무소, 남자탈의실, 여자탈의실, 그리고 휴게실의 다섯 방으로 구분되어 있었다. 매장과 그럭저럭 거리가 있으니 손님의 목소리나 가게의 BGM은 거의 안 들리는 격리된 공간이지만, 감시 카메라의 모니터로 언제나 가게 안을 볼 수 있다.

탈의실에서 옷을 갈아입은 내가 휴게실로 가자, 파이프 의자에 앉아서 테이블에 축 늘어져서, 녹은 아이스크림처럼 엎드려 있는 요미우리 선배의 모습이 보였다.

"녹아 있네요."

"그야 녹지이. 가게 안의 인구밀도가 너무 높아서 에어

컨이 전혀 효과가 없어."

"기분 탓인지 공기도 희박한 느낌이 든단 말이죠. 하지만 계산대에서 도망쳤으니까 불평할 자격은 없습니다."

"에엑~. 도망친 거 아니야."

"알고 있어요. 농담입니다."

"심술쟁이~. 우리 후배는 여자애를 상냥하게 대해줘야 하는 거 몰라?"

"남녀평등을 존중하거든요."

어른스러운 누님이라는 분위기가 도는 풍모와 안 어울리게, 초등학생처럼 삐치는 요미우리 선배. 나는 기가 막혀 대충 상대했다. 극도로 대충인 이 사람을 상대하려면, 이쪽도 어느 정도 대충일 필요가 있다.

정면에서 계속 상대하면 무한하게 놀리면서 휘둘리게 되니까 주의가 필요하다. 요미우리 선배의 취급 설명서를 머릿속에서 복습하며 정면의 의자에 앉았다.

……물리적으로 정면에 앉는 건 괜찮으니까, 그건 신경 안 써도 된다.

"우리 후배는 장소 확보 작업을 너무 얕보는 거 아냐? 계산하고는 다른 의미로 힘들다니까."

"알고 있어요. 다만, 요미우리 선배가 그쪽을 더 편하게 느끼는 것도, 저는 알고 있으니까요."

"아니아니. 상당히 힘들거든? 무거운 책을 들고 앉았다,

일어섰다를 반복하니까, 허리가 완전 박살이 났어."

"거창하네요……."

"정말이야. 구체적으로는 연인들끼리 밤새도록 격렬하게 즐긴 다음 날 정도로, 하반신이 후들거려."

"이상한 예를 들어도 안 낚여요."

"체~엣."

괜히 귀여운 태도로 요미우리 선배가 혀를 차는 시늉을 했다.

어차피 미스리드다. 함정이다. 나는 안다.

성적인 농담에 대해 과잉되게 반응하면? 「생각이 지나쳐~. 우리 후배는 대체 뭘 의식하는 거야?」라면서 놀린다. 호기심으로라도 실제 체험이냐고 질문을 하면? 「신경 쓰이는구나아~」라는 징그러운 함박웃음을 지으면서 괴롭힐 것이다.

반응한다는 것은, 다시 말해서 패배를 의미한다. 이 자리를 헤쳐나가는 최선의 수는 냉철하게 상대해주지 않는 거다.

"뭐, 정말로 허리가 아프면 마사지 같은 건 어때요? 전에 아키코 씨한테 다니는 가게 이야기를 들었는데, 가르쳐드려요?"

"아키코 씨?"

"앗, 미안해요. 새어머니요. 새롭게 생긴 여동생의 어머니."

"아~. 그렇구나."

그러고 보니 부모의 재혼이랑 새로운 여동생과 동거하게 된 것은 걸핏하면 상담하고 있지만, 새로운 어머니의 화제는 거의 꺼낸 적이 없었다.

아키코 씨도 서서 일을 하니까 몸의 정비가 꼭 필요하다. 가끔 거실에서 대화할 기회가 있을 때 그런 정보를 가르쳐 주었다.

대화의 덱에 건강 카드를 준비해두니 이럴 때 편리하네.

"도겐자카에 있는 지압 마사지점이라는데요……. 있다, 여기요. 괜찮다고 하셨어요."

"으음. 복잡해."

"그래요? 지도 앱으로 보면 그렇게 복잡한 장소에 있는 것 같지는 않은데요."

"길이 아니고 말이야. 이래 보여도 아직 탱탱한 여대생이거든? 아무래도 아직, 마사지에 의지하기 시작할 나이는 아니라고 주장하고 싶어."

"그 『탱탱하다』라는 표현 자체가 전혀 젊지 않아요."

"들켜버렸네. 지금까지 입 다물고 있었는데, 나 사실…… 저주로 젊어졌지만, 진짜 정체는 할머니야."

"갑자기 턱도 없는 설정을 집어넣는 건 그만두실래요?"

"아하하. 우리 후배, 날카로운 정론 딴죽돌이네."

"그 이상한 별명은 뭔데요……. 선배야말로 뜬금 거짓말 순이잖아요."

"음~. 아까워. 70점. 죽돌이를 말순이로 받은 건 나쁘지 않은 언어 센스지만, 일반인에게 한 방에 전해지기 어려운 단어 선택은 감점."

극히 자연스러운 대화의 흐름에서 나오는 말을 멋대로 채점하지 말아 주세요.

의외로 적절한 논리가 있는 탓에, 시시한 이야기인데도 묘하게 대미지를 입는다.

그런 내심을 감추려 하지도 않고 미묘한 표정을 짓자, 그 반응에 만족했는지 심술궂은 요미우리 선배는 즐거운 기색으로 웃으며 도시락을 펼치기 시작했다.

도시락이라고 해도 편의점에서 사온 주먹밥과 미니 샐러드다. 이걸로 볼륨이 충분한지 걱정되지만, 가만 생각해보면 아야세 양이 요리를 만들어주기 전까지는 나도 이것과 비슷한 식생활이었다.

"식사도 시작했으니까, 얼른 시작해도 될까요? 상담 타임."

"좋아~. 뭐든지 말해보게나."

"사실은 말이죠……."

쓸데없이 잘난 기색으로 말하는 요미우리 선배의 태도에서 뭔가 걸린다는 걸 느꼈지만 굳이 딴죽은 삼키고, 나는 차근차근 말했다.

아야세 양의 프라이버시를 배려하면서도, 부족함이 없도록 적절한 정보를 취사선택해서 사정을 설명했다.

내가 모든 이야기를 마치자, 요미우리 선배는 싱글벙글 웃고 있었다.

"흐응~. 여동생을 위해서, 학습 효율 향상 방법을, 말이지."

"뭔가 짚이는 거 있어요? 대학 수험에 성공한 선배로서 뭔가 조언을 받을 수 없을까요?"

"우리 후배는 지금 작업용 BGM을 실마리 삼아서 조사하고 있구나."

"네. 딱 좋아 보이는 걸 못 찾았지만요. 무난한 음악집은 잔뜩 있는데요. 학습 효율이란 의미에서는 더 좋은 게 있을 것 같단 말이죠."

"앗, 그러면 추천할 거 있어. 나도 얼마 전에 공부에 집중하기 쉬운 음악이 필요해서 이것저것 찾아봤거든."

"오오! 들려주세요."

"그러니까. 어느 거였더라……. 아, 찾았다. 자 이거."

자기 스마트폰을 가볍게 조작해서, 요미우리 선배가 YouTube 채널 페이지를 보여주었다.

구독 중인 그 채널의 화면은 일본풍 애니메이션 그림으로 구성되어 있었다. 그러나 쓰이는 언어는 영어뿐이다. 일본인이 운영하는 채널은 아닌 모양이었다.

애니메이션이라고 해도 오타쿠를 노렸다기보다는 서브컬쳐에 가깝고, 마치 세련된 라운지 같은 차분한 분위기로 통일되어 있었다.

"굉장해. 재생수가 1천만을 넘겼어. 1시간 이상 되는데."

"굉장하지? 같은 사람이 몇 번씩 재생하기도 하지만, 24시간 재생하고 있는 라이브 스트리밍도 동시접속 3만 명이고."

"우와, 진짜다! 코멘트, 거의 다 영어권 사람이네요."

"그래그래. 일본에서는 아직 그렇게 유명하지 않은 걸까?"

"아직 상륙하지 않은 음악 장르 같은 게 있네요. 보통 음악하고 뭐가 달라요?"

"백문이 불여일견. 들어볼래?"

그렇게 말한 요미우리 선배는 핸드백 안에서 꺼낸 케이스를 열고 와이어리스 이어폰을 집었다. 그리고 자, 하면서 이쪽에 내밀었다.

"엇."

나는 한순간 굳어 버렸다.

그녀의 행동이 가진 의도를 미처 읽어내지 못했다.

타인과 공유하는 행위에는 갖가지 종류가 있지만, 자기 이어폰을 다른 사람 귀에 끼우도록 하는 건 가장 거부감이 높은 행위 중 하나라고 생각한다.

같은 그릇의 요리를 나눠 먹거나, 같은 목욕탕을 쓴다. 같은 세탁기를 쓴다. 그 정도로 공유하고 있는 아야세 양하고도, 이어폰을 서로 빌려준 적은 없었다.

그런데 눈앞의 요미우리 선배는 그 행위에 전혀 의문이

없는 기색으로, 극히 당연한 태도로 말했다.

"좋은 음질로 확인하고 싶잖아?"

"앗, 네. 그렇네요……."

소박하게 말하자, 그냥 내가 너무 의식하고 있다고 느껴서 창피해졌다.

아무래도 놀릴 셈도 없는 모양이다.

너무 강하게 반발하면 죄책감이 커질 것 같아서, 나는 처음으로 불을 다루고자 시도하는 원시인 같은 손놀림으로 와이어리스 이어폰을 받았다.

그렇지만 그걸 깊이 귓구멍에 끼우는 것도 좀 그래서, 얕게 소리가 들릴 정도로만 끼웠다. 이상하게 땀도 나고, 나도 참 소심하다. 기가 막히네.

그러나 그 직후. 고막에 소리가 닿은, 바로 그 순간이었다.

"이거다……."

나는, 무심코 중얼거렸다.

그때까지 느끼고 있던 잡다한 마음이 모조리 깔끔하게 휩쓸려 나갔다.

처음에 들린 것은, 빗소리. 한여름의 나뭇잎을 후두두둑 때리는 소리다. 노이즈 같은 환경음 사이를 떠도는 것처럼, 칠(Chill) 계통의 나긋한 음악이 흘렀다. 음질은, 좋은지 나쁜지 따져보면 나쁜 편이다. 이제는 거의 잊힌 문화지만, 옛날 영화를 보다 보면 가끔 나오는 레코드가 떠올랐다.

"굉장해. 이런 거 몰랐어요."

"로우파이 힙합(Lo-fi hiphop)."

한 손으로 입을 가린 채, 씹고 있던 주먹밥을 꿀꺽 삼킨 다음 요미우리 선배가 그 단어를 말했다.

들어본 적이 없는 울림의 단어다.

"힙합, 인가요? 『HEY, YO~』 하는 거?"

"아하하. 그게 아니고."

래퍼 같은 포즈를 해봤더니 꽤 반응이 좋다.

역시 내 물음은 엉뚱했나 보다.

"힙합이라고 불리는 이유는 비트 중시의 음악이라서 그런 거야. 로우파이는, 이른바 일반적인 의미의 힙합하고는 전혀 달라."

"그렇군요."

"트렌디하고 칠한 프레이즈인데, 이펙트를 굳이 고풍스럽게 만든, 힐링되는 곡을 루프시켜서 말이지?"

"알아들을 수 있게 부탁드립니다."

"어쨌든 좋은 음악이란 거야."

한 마디로, 참 알기 쉽게 정리해 주었다.

이쪽은 외래어 내성이 빈약한 평균적 감성의 인간이라, 이렇게 설명해주는 게 솔직히 알아듣기 쉽다.

"해외에서 유행하는 장르라고 해. 굳이 노이즈를 섞은

저음질의 음악인데, 그게 반대로 마음을 진정시켜주거나 노스탤지어를 느끼게 된대. 그래서 공부용, 수면용으로 잘 쓰이는 모양이야."

"오호. 그야말로 찾던 거였어요. 역시 요미우리 선배는 박식하네요."

"할머니잖아. 호호호."

"그거 언제까지 하는 건데요?"

"단물 빠질 때까지."

"처음부터 무미무취인데요."

"그건 내 자기만족이니까, 우리 후배가 판정할 권리는 없거든?"

"음. 그렇게 말하면 반론하기 어렵네요."

"토론 최강의 선배한테 도전할 거면 우리 후배도 그만한 각오를 했어야지."

"……알겠습니다."

실제로 술술 잡학이 흘러나오는 할머니의 지혜 주머니 같지만, 그렇게 주장할 거면 하다못해 조금 더 노련함과 차분함을 보여줬으면 좋겠다.

"하지만 어떻게 로우파이 힙합에 도달했어요? 해외에서 유행하는 음악 같은 건 간단히 발견할 수 없는 거잖아요."

"에이, 대단한 거 아냐. 어쩌다가 YouTube의 추천에 나온 걸 들었을 뿐이지. 그 뒤부터 상당히 공부가 잘 되고 있어."

"코멘트란의 내용, 거의 영어라서 읽을 수가 없는데요…… 어쩐지 따스한 분위기가 떠도는 것 같아요."

"알겠어?"

"왠지 모르게, 그런 것 같아요."

"역시 우리 후배는 감수성이 높네. 그래, 짐작한 것처럼 이 채널은 인터넷의 휴게소 같은 게 됐어. 문득 생각났을 때 들르는 바 같은 거지."

"바, 인가요?"

반사적으로, 그 단어를 복창했다.

지금의 내 안테나는, 바라는 말에 대해 괜히 예민한 반응을 보인다.

이제 막 가족이 된 의붓어머니의 직장이니까 당연하다.

"드라마 같은데 자주 나오잖아. 괴로운 일이 있었던 어른이 들르는 장소. 차분하고 세련된 분위기의 가게에서 고민을 들어주거나 하는 거."

아버지와 아키코 씨의 만남도 그런 식이었을까? 두 사람의 만남은 본인들이 얘기한 것밖에 모르지만, 취해서 쓰러질 정도로 마음이 약해져 있던 아버지를 아키코 씨가 보살펴준 게 시작이었다고 한다.

휴게소, 치유의 장소에서 이루어진 만남. 이렇게 표현해보면 그 두 사람은 꽤 근사한 만남을 가진 걸지도 모르겠다.

"그런 거 동경하긴 하는데, 현실에서는 딱히 로맨틱하게 되진 않거든.”

“『않거든』이라고 하셔도, 전 술 못 마시니까 몰라요.”

“췻.”

“왜 혀를 차요?”

“미성년자의 음주를 자백시켜서 약점을 잡으려고 했거든. 유도신문에 안 걸리다니 제법이로다.”

“뭐랑 싸우고 있는 건데요?”

차가 든 종이팩에 빨대를 꽂고 불만스럽게 빠는 요미우리 선배를 보고, 문득 어라? 하고 생각했다.

“그러고 보니, 선배는 술 마실 수 있는 나이죠?”

“실례네. 할머니 나이에 못 마실 줄 알았어?”

“솔직히 그 나이라면 오히려 못 마실 가능성이 높아요. 지병 같은 거 있으면.”

“음……. 제법이군. 토론의 강자네.”

“참고로 피곤하니까 할머니 소재에는 이제 태클 안 걸어요.”

“체엣~.”

또 혀를 찼다. 어떻게든 할머니가 되고 싶은가 보네.

걱정 안 해도 머지않아 될 수 있어요. —이런 괜한 말은 안 했다. 그 한 마디를 마음속에 담아둘 정도로는 분별이 있단 말이지.

그러고 나서, 나는 추천받은 로우파이 힙합의 채널을 몇 갠가 구독했다.

어지간히 마음에 들었는지, 평소보다 한 옥타브 높은 톤으로 즐겁게 설명하는 선배의 옆모습을 보는 사이에, 문득 웃음이 치밀었다.

"하하……."

"으응? 잠까안. 지금 남의 얼굴을 보고 웃지 않았어?"

"죄송해요. 아무것도 아니에요."

요미우리 선배가 뭔가 한 게 아니다.

내가 웃어버린 것은, 기가 막힐 정도로 한심한 사실을 깨달았기 때문이다.

—지금 나는, 요미우리 선배의 추천으로 곡을 골랐다.

YouTube의 추천을 받은 요미우리 선배에게 추천받은 곡을 고르고 있는 시점에서, 나라사카 양의 선택과 아무것도 다를 바가 없었다. 고집이고 뭐고 없네.

미안, 나라사카 양. 네가 옳았어.

오늘의 귀갓길은 오랜만에 발이 가벼웠다. 아야세 양에게 선물이 있기 때문일까.

지금까지는 매일 먹는 요리에 걸맞은 성과를 내지 못해서, 기브 & 테이크에서 테이크가 너무 앞서고 있는 느낌이었다.

그러나 이거라면, 자신 있게 아야세 양이 만든 저녁 식사를 먹을 수 있다.

거실의 문을 열고 안으로 들어가는 것과 동시에, 집안을 떠도는 맛있는 향이 내 귀환을 환영해주는 느낌마저 들었다.

"다녀왔어, 아야세 양."

"어서 와, 아사무라 군."

다이닝 키친에서 사복 위에 앞치마를 두른 모습의 아야세 양이 냄비를 데우고 있었다.

최근에는 거의 매일 보고 있는 광경이지만, 얼마 전까지 타인이었던 여자애가 집에서 주부처럼 행동하는 모습은 역시 익숙해지지 않는다.

긴장된다. 그것도 있지만, 무엇보다도 자신을 위해서 일해주고 있다는 사실에 아무래도 미안하단 생각이 들어 버린다.

그런 진심을 들으면 아야세 양은 뭐라고 할까?「피차일반이니까 신경 쓰지 마」라고 그러겠지. 하지만 이것은 내 거짓 없는 솔직한 감정이니까 어쩔 수 없다.

"혹시 아야세 양도 저녁 아직이야? 돌아올 때까지 기다린 거면 미안해."

"괜찮아. 공부하고 있었으니까."

"그래. 상은 내가 준비할 테니까 잠깐만 기다려 줘."

"응. 고마워."

돕는 것도 아니고, 친절함 같은 것도 아니다.

내가 당연한 일로서 제안하고, 아야세 양 또한 내 말을 사양하지 않고 단적인 감사의 말만 하고 받아들인다.

하다못해 공동작업의 형태를 만들지 않으면 균형이 안 맞는다. 나는 그렇게 생각했다. 그녀도 그런 내 생각을 파악하고, 기억해주고 있기에 이런 대화를 나눈 것이다.

나는 내 방으로 돌아가 짐을 놓고서, 세면장에 들러 손을 깨끗하게 씻고 양치질을 한 다음에 종종걸음으로 거실에 갔다.

"밥이랑 국그릇, 큰 접시 두 개씩이면 될까?"

"큰 접시는 됐어. 국그릇은 보통 국그릇이 아니라, 우동 먹을 때 쓰는 큼직한 걸 이쪽에 줄래?"

"알았어. 혹시 오늘 메뉴는 돈지루[#1]?"

"땡. 정답은 내장 전골입니다."

"오, 그런 것도 만들 수 있구나. 여름에 먹는 이미지는 별로 아닌데."

"더위 대책이 된다는 정보를 봤어. 알바하느라 바빠서 체력이 깎였을 테니까, 가끔은 이런 것도 좋을까 해서."

"여름에 내장 전골이라. 냄새가 좋네. 식욕이 댕겨."

"그렇지? 내장 전골은 내가 담을 테니까, 밥 부탁할 수 있어?"

"물론."

아야세 양에게 국그릇을 건네고, 나는 밥솥을 열어 갓

#1 돈지루 돼지고기가 들어간 일본식 된장국.

지은 밥을 주걱으로 펐다.

일하는 와중에도 냄비에서 독특한 간장의 향이 풍겨와, 자연스럽게 혀에 타액이 고인다.

아야세 양은 처음부터 요리를 잘했지만, 거의 매일 만든 덕분에 실력이 날마다 성장하는 것 같다.

상을 다 차리고, 둘이 마주 앉아서 손을 마주 댔다.

"잘 먹겠습니다."

"잘 먹겠습니다."

신호한 것도 아닌데 둘의 목소리가 겹쳤다.

기분 탓일지도 모르지만, 요즘에 젓가락을 들고 손을 마주 대는 동작이 닮아가는 것 같다. 내가 그녀에게 영향을 받은 건지, 그녀가 내 영향을 받은 건지— 그것마저도 알 수 없을 정도로 자연스럽게, 어느샌가 그렇게 되어 있었다.

동거생활의 영향력을 피부로 느끼면서, 아무 생각도 없이 내장 전골의 국물을 숟가락으로 떠서 입에 넣었다.

"아, 맛있다. 달콤하고 매끄럽게 넘어가네."

"그래. 다행이네. 본격적인 하카타식이야. 너무 진하지 않을까 걱정했는데, 먹는 걸 보니까 괜찮아 보이네."

안도하여 미소 짓는 아야세 양.

빈말이 아니라, 입안에 퍼지는 맛이 내 취향이었다. 아버지가 먹었다면 부대낄 것 같지만, 오늘 밤은 밖에서 먹고 돌아온다는 연락을 받았으니 문제없다. 아야세 양이니

까 그것도 고려한 메뉴일 거야.

“내 취향의 맛으로 조정해줬구나. 언제나 고마워.”

“……. 뭐, 그렇네. 매일 네 감상을 듣고 있으니까, 그걸 참고하다 보니 어떻게든 됐네.”

“이렇게 노력해주고 있는데 내가 돌려줄 수 있는 게 얼마 없어서 정말 미안해. ……어제까지의 나라면, 이렇게 말을 했겠지.”

“어?”

내가 거창하게 말을 꺼내자, 그녀는 고개를 갸웃거렸다.

스마트폰을 꺼내 YouTube를 기동하여, 아까 구독한 로우파이 힙합 채널 페이지를 열었다. 그중에서 현재 24시간 라이브 스트리밍 중인 radio라고 적힌 타이틀을 탭했다.

그러자, 느릿하고 차분한 음악이 흐르기 시작했다. 억지로 이목을 모으는 파워가 넘치는 음악과 정반대의, 일상 속에 녹아들 것 같은 포용력이 있는 곡. 갑자기 조용한 삼림에 들어선 것 같은 감각을 느꼈다.

분명 아야세 양도 마찬가지이리라. 소리가 계속 흘러나오는 스마트폰을 멍하니 바라보는 눈동자가, 렌즈를 당긴 것처럼 확 커졌다.

“이건…….”

“일단 들어봐.”

“앗, 응.”

내가 권하는 대로 아야세 양이 눈을 감았다.

그녀는 잠시 조용히 귀를 기울이며 들은 다음, 감탄이 섞인 숨을 내쉬었다.

"엄청 좋아. 이거, 무슨 장르야? 평범한 힐링 장르와는 미묘하게 다르네."

"로우파이 힙합이야. 공부용 BGM으로 써보면 어떨까 싶어서."

"앗……. 그렇구나. 그래서……."

아야세 양은 납득한 표정을 지었다. 식사 중에 갑자기 음악 이야기를 시작한 이유를 이해해준 모양이다.

"처음 들은 장르야. 용케 알고 있네."

"사실은 나도 처음 들었어. 알바 선배가 가르쳐주기 전까지 전혀 몰랐지."

"앗, 그 사람이구나? 문학소녀 언니."

그러고 보니 전에, 그러니까, 지난달 정도였던가? 요미우리 선배 이야기를 했었지.

아야세 양이 「아사무라 군에게 어울리는 여성이 아닐까?」라면서 놀린 것을 기억하고 있다. 「책을 자주 읽는 사람끼리」라는 의미에서 그렇게 말한 거겠지만, 언제나 마이페이스인 그 사람의 캐릭터에 어울려주는 건 꽤 힘들 것 같다니까.

요미우리 선배도 나 같은 타입을 즐겁게 놀릴 수 있다고 생각하기는 해도, 남자 친구로 삼고 싶단 생각은 안 할 것이다. 그 사람의 이성 취향을 물어본 적이 없으니까 잘은 모르겠지만.

“그래. 사실 좋은 정보는 거의 그 사람이 가지고 있다고 해도 과언은 아닌 것 같아.”

“사이가 좋구나.”

“근무 시간이 겹치는 일이 많으니까. ……아야세 양?”

문득 위화감을 느끼고, 이름을 불렀다.

눈과 눈을 마주 보며 대화를 하고 있는데, 지금 한순간 조금 시선이 어긋난 것 같았다.

“……어? 왜?”

이름을 부르고 그녀가 반응하기까지 조금 지연이 있었다.

“괜찮아? 잠깐 멍했는데, 공부를 너무 해서 지친 거 아냐?”

“아~, 아냐. 멀쩡해. 조금 음악에 정신이 팔린 거야.”

분명히 로우파이 힙합은 아직도 계속 흐르고 있지만, 정말로 그것뿐일까?

지나치게 무리하는 성격을 알고 있어서 그런지, 나로서는 걱정이 된다. 기우라면 다행이겠지만.

“요미우리 선배, 라고 했지? 그 사람, 책만 잘 아는 게 아니라 음악 센스도 좋네.”

“대학생이고 경험이 풍부하니까— 라는 수준을 넘어선 것 같단 말이지. 지식이 얼마나 되는지, 바닥을 알 수 없는 부분이 있어."

"쿨하네."

"정작 본인의 캐릭터는 그 단어랑 정반대인데 말이지."

오히려 그건 아야세 양에게 딱 맞는 단어라고 생각한다. 요미우리 선배는 좀 더 천연덕스럽거나, 유머러스하거나, 그쪽 방면이다.

내가 그렇게 정정하자, 아야세 양이 후훗 하고 웃었다.

"어느 쪽이든 재미있는 사람 같아."

"그건 보장할 수 있어."

요미우리 선배를 소개할 기회가 없을 것 같아 아쉽다. 사적으로 같이 노는 사이가 아니니까 나라사카 양처럼 집으로 오는 전개는 있을 수 없다. 생활권 안의 서점에서 일하고 있지만, 손님으로 찾아와 멀리서 보기만 하면 그녀의 특수성을 절대 알 수가 없으니까.

유감이야.

그렇게 생각하고 있는데, 눈앞에서 자기 스마트폰을 만지고 있던 아야세 양이 폰 화면을 이쪽으로 보여줬다.

"바로 채널 구독했어."

"정말이네. 판단이 빨라."

"난 이래 봬도 직감을 믿는 타입이거든. 로우파이 힙합…… 이거라면 공부용 BGM으로 최적이라고 생각해."

"효과가 없다 싶으면 사양하지 말고 안 써도 되니깐."

“알아. 걱정 안 해도 그런 걸로 자신을 속박하는 짓, 나는 절대 안 해. 일단 시험해 보고, 쓸만하면 쓰고, 미묘하면 그만둘 거야.”

“그래. 그 스탠스로 있어 주는 게 나도 좋아.”

고민을 고민 그대로 품지 않고 의지해주고, 그러면서 지나치게 의존하지도 않는다. 지금의 나에게 제일 마음 편한 거리감. 진하지만 속이 부대끼지 않는 내장 전골이 그것을 상징하는 것 같았다.

이런 표현을 쓰면, 요미우리 선배에게 비유 표현이 세련되지 못하다고 감점을 당할 것 같네.

밥을 먼저 다 먹은 것은 아야세 양이었다.

공부 시간을 위해서겠지. 서두르는 기색의 페이스로 먹어 치우고, 그녀는 스마트폰을 챙겨 일어서며 말했다.

“오늘 밤 공부할 때 써볼게. 고마워, 아사무라 군.”

“천만에요. 아, 설거지는 내가 할 테니까 세척기에 넣어 두기만 해도 돼.”

“응, 그것도, 고마워.”

빈 그릇을 다이닝 키친으로 가져가 세척기에 넣은 아야세 양은 가볍게 어깨를 돌리면서 좋아하고 중얼거리더니 자기 방으로 갔다.

재시험을 대비한 그녀의 공부 효율이 조금이라도 올라갈 수 있기를. 마음속으로 성원을 보내면서, 바쁜 틈틈이 연구를 해주었을 맛있는 요리를 천천히 맛보았다.

—힘내, 아야세 양.

●7월 18일 (토요일)

눈 안쪽이 따가운 걸 느끼고 살짝 눈을 떴다.

치는 걸 깜빡 한 커튼의 틈에서 여름의 햇살이 내 얼굴을 비추고 있었다. 에어컨 덕분에 뜨겁지는 않지만.

어쩐지 눈부시더라.

머리맡의 시계에 시선을 보내자, 그 순간에 마지막 숫자가 바뀌어 08:33이 되었다.

어째서 디지털 시계는 바라본 순간에 같은 숫자가 연속되는 일이 많은 걸까? 머리 한구석에서 멍하니 생각했다.

—응? 8시…… 30분이 넘었어?

일찍 일어났다고 하긴 어려운 시간이었다. 휴일이라지만, 잠을 좀 너무 자버렸다.

다들 벌써 아침 식사를 마쳤을까? 그렇게 생각하면서, 머릿속에 떠오른 말이 복수형인 「다들」이라는 것. 다시 말해서 무의식적으로 의붓어머니인 아키코 씨와 의붓 여동생인 아야세 양이 포함되어 있다는 걸 깨달았다. 가볍게 놀랐다.

함께 살기 시작한 지 한 달 정도밖에 안 지났는데, 내 마음속에서는 이미 그게 당연한 것이 되었다는 것이다.

옷을 갈아입고 발소리를 죽여 도착한 세면장에서 세수를

하고 몸가짐을 재빨리 정돈한 다음, 다이닝 키친으로 이어지는 문을 열었다.

아버지와 아키코 씨가 마주 앉아서 느긋하고 우아하게 식후의 커피를 마시고 있었다.

돌아본 아버지가 조금 기가 막힌 표정을 지었다.

"좋은 아침……. 좀 늦었구나, 유우타."

"늦잠 잤어. 아, 그대로 있어도 돼요."

뒤의 말은, 내가 들어오는 것을 본 순간에 컵을 놓고 일어서려는 아키코 씨에게 한 말이다.

그렇지만 내 말이 닿는 것보다도 빨리, 아키코 씨는 그릇에 담긴 햄에그에 재빨리 랩을 덮어서 전자레인지에 넣어 버렸다.

"사양 안 해도 돼, 유우타."

"아니, 그건…… 고맙, 습니다."

나는 데워준 햄에그를 앞에 두고 앉았다. 토스트는 한 장, 버터와 잼을 곁들여 놓았다.

"어라?"

내 앞에 또 하나 손대지 않은 그릇이 있다는 걸 깨달았다.

식탁에 의붓 여동생의 모습이 없다. 그렇다면 아야세 양도 아침 식사를 아직 안 했다는 건가?

"사키도 참. 아직도 자고 있어."

"아, 그런가요? ……희한하네요."

"오늘은 좀 잠꾸러기네."

고개를 조금 갸웃거리며 말하는 아키코 씨의 표정을 보니, 아야세 양이 늦잠을 자는 게 희귀한 일이라는 걸 잘 알 수 있었다. 그러고 보니 나도 나보다 늦게 일어난 아야세 양을 본 기억이 없는 것 같네.

아키코 씨 말로는, 아까 침실을 들여다봤더니 푹 자고 있었다고 한다.

"에어컨 켜놨는데 배꼽 내놓고 자면 감기 걸릴 거야."

난처하네. 한숨을 내쉬는 아키코 씨에게, 나는 뭐라고 대답해야 정답인 걸까?

그냥 동급생 여자애라면 망측한 망상 하나쯤 떠올라 버릴 참이다. 학교에서 손꼽히는 미소녀의 잠든 모습을 묘사하면 귀를 기울이지 않을 리 없다.

그러나 의붓 여동생에게 그런 리액션을 해서 아키코 씨를 당황하게 만들 수는 없었다.

"올해 여름도 더울 것 같네요."

망설인 끝에, 나는 무난하기 짝이 없는 대답을 했다.

"너무 추운 것도 난처하지만 더위도 무서우니까, 유우타도 조심해. 에어컨은 제때 켜야 해. 방 안에서도 열사병에 걸린다고 하니까."

"네."

그녀의 말에 수긍하고서, 나는 아침 식사를 시작했다.

아키코 씨가 혼자 만든 아침 식사는 오랜만이다.

눈앞에는 날 위해서 달걀 프라이용 간장병이 놓여 있었다. 아키코 씨의 배려를 사소한 것에서부터 느낄 수 있었다.

아야세 양도 한 번 들은 타인의 취향을 잊지 않으니까, 이건 모녀가 모두 가진 습성인 걸까?

햄에그와 토스트만 있는 건가 했는데, 젓가락을 움직이는 사이에 눈앞에 컵이 놓였다.

"자, 또 있으니까 더 먹어도 돼."

"고맙습니다. ……이거, 포타쥬인가요?"

따뜻해 보이는 하얀 수프에 자잘한 건더기가 들어가 있는 게 보였다.

"클램 차우더야. 맛이 취향이 아니면 사양하지 말고 남겨도 돼."

"아뇨. 괜찮아요."

클램 차우더는, 그건가? 그러니까, 백합 조개를 우유로 졸인 거다. 그 정도는 나도 안다. 컵 수프의 건더기라면, 몇 번인가 따뜻한 물에 녹여 먹은 적이 있다.

"아키코 씨가 손수 만든 거야."

"손수 만들었다고 할 정도는 아니에요. 그리고 간단한 거니까."

나는 지난 한 달 사이에 깨달은 게 있다.

아야세 양이나 아키코 씨가 「간단한 요리」라고 말하는

걸, 요리하고는 인연이 없던 나랑 아버지는 문자 그대로 받아들일 수가 없다는 것.

맛도 잘 연구했고, 나름대로 준비를 해야 하는 것도 있다……. 아야세 양은 그런 것을 물어보면 가르쳐 주니까, 나도 틈나는 대로 배우려고는 하고 있었다. 배워둬서 손해는 없을 거라고 생각하니까.

그건 그렇다 치고. 컵 안을 들여다보자 붉은색이나 하얀색이나 투명한 것 등, 젓가락으로 집기도 어려울 만큼 잘게 다진 건더기가 여러모로 들어있었다.

젓가락으로 가볍게 휘젓고서, 컵을 기울여서 호로록 입 안으로 흘려 넣었다.

알갱이 같은 식감이 혀 위에서 춤춘다. 콩소메를 베이스로 한 우유맛의 수프를 가볍게 씹어보자, 건더기가 뭉개지면서 풍부한 맛이 입안에 퍼졌다. 조개의 짙은 맛에 베이컨이나 당근 같은 고기와 야채의 맛이 섞여 들어온다.

"맛있어요."

간이 세지도 싱겁지도 않다. 듣기 좋으라고 한 소리가 아니라, 이건 정말로 맛있다.

"다행이야."

살포시 미소 짓는 아키코 씨. 그리고 자기가 만들기라도 한 것처럼 만족스러운 표정을 짓는 아버지. 어째서 아버지가 자랑스러운 표정을 짓는 거야? 이것도 자랑거리야? 마흔 살 남자의 재는 표정을 바라보며 휴일 아침 식사를 먹는 취미는 없기에, 나는 요리에 집중하기로 했다.

옆에서 아버지와 아키코 씨가 대화를 시작했다.

주제는, 아야세 양의 늦잠이었다.

"걔도 참. 늦게까지 공부를 했나 봐요."

어째서 침실을 조금 들여다보고 그것까지 알 수 있었을까?

책상 위에 노트가 펼쳐진 채 그대로 놓여 있고, 스마트폰에 이어진 이어폰을 귀에서 뽑아 그대로 던져둔 것처럼 노트 위에 흩어져 있었다고 한다.

그것은 다시 말해서 아야세 양이 자기 노트를 남이 보는 걸 싫어하는 성격이며, 이어폰에서 새는 소리를 다른 사람이 듣는 걸 싫어하는 성격이라는 것을 가리킨다. 아키코 씨도 그것을 알고 있었다. 그래서 펼쳐둔 노트와 흩어진 이어폰을 보고, 수마가 학습의욕을 앞서는 아슬아슬한 선까지 그녀가 공부하고 있었을 거라는 결론을 내린 거다.

그리고 기어이 수마가 승리하여, 편안한 수면을 목표로 모든 것을 내던지고 침대에 뛰어든 것이리라.

명탐정 아키코 씨의 명추리. 그 추리는 아마도 틀리지 않았다.

공부가 꽤 잘 된 걸까? 가르쳐준 로우파이 힙합의 효과라면 좋겠다고 생각했다.

문득 아버지가 말을 걸었다.

"야, 유우타."

나는 시선만 아버지에게 보냈다. 유감이지만, 입안은 구운 햄의 감칠맛을 탐닉하는 중이었다. 먹으면서 말하는 것보다는 버릇없지 않을 거야.

"한 달 지났는데, 어때? 뭔가 불편한 점은 없니?"

"불편함……은 딱히 안 느껴지네."

입안을 비우고 나는 대답했다.

"사키하고는 어때?"

이번에는 아키코 씨가 물었다.

"그러니까……."

"그게. 전에는 타이치 씨랑 남자 둘이서만 지냈는데, 갑자기 우리 둘이 집에 들어와 버렸잖아? 여러모로 힘들지 않을까 해서."

힘이 든다……라.

그 말을 듣고, 나는 한 달 전에 아야세 양이 속옷 차림으로 다가왔던 밤을 떠올리고 말았다. 그건 분명히 힘들었을지도 모른다.

불이 꺼진 방 안에서 침대에 드러누워 있던 나. 속옷만 입은 아야세 양의 피부가 다가온다. 어깨를 넘은 밝은색의 머리칼이 가슴팍을 뒤덮은 조금 짙은 색 브라로 떨어지고, 촉촉한 눈동자가 나를 내려다보고 있…….

……아차. 하나 떠오르니까 억눌러둔 뚜껑이 밀려 올라가

서 넘치는 것처럼, 당시의 광경이 뇌리에 떠올라 버린다.

"왜 그래? 유우타."

"응? 아아, 괜찮아. 별일 없이 잘 지내고 있어."

나는 아버지에게 대답하고, 아키코 씨한테도 괜찮다고 하며 밝게 고개를 끄덕였다. 약간은 켕기는 걸 느끼면서도.

"그래? 그렇다면…… 괜찮은데."

아키코 씨는 조금 더 뭔가 말하고 싶은 것 같았지만, 그 이상 아무것도 추궁하지 않았다. 대신 식후의 커피를 마실 거냐고 물어봤다.

내가 고개를 끄덕이자, 그녀는 핸드 드립의 스위치를 켰다. 원두는 이미 세팅을 해둔 모양이다. 아버지가 분발해서 사 온 하와이안 코나의 달콤한 향이 컵에 떨어지는 커피 소리와 함께 식탁에 퍼졌다.

나는 여름의 휴일 아침을 커피 향과 함께 느긋하게 즐겼다.

기말고사가 끝나고 결과도 확인한 주의 토요일은, 우리 고등학생이 가장 후련한 마음으로 지낼 수 있는 휴일의 시작일 것이다.

그렇지만 나는 오전에 숙제하고, 시계가 11시 반을 지나자 알바하러 갈 준비를 시작했다. 나에게 휴일이란, 거의 풀타임으로 알바를 할 수 있는 날이다.

준비를 마치고 집을 나서려다가, 힐끔 아야세 양의 방문을 보았다.

이제 곧 12시.

그녀는 아직 일어나지 않았다.

큰 소리를 내기 좀 그러니까, 나는 아버지와 아키코 씨에게 작은 소리로 다녀오겠습니다 하고 말하고 집의 문을 살며시 열었다 닫았다.

맨션을 나서는 순간부터 태양광선이 피부를 찌른다.

덥다기보다, 아프다는 수준의 햇살이다. 이미 일본은 온대가 아니라 아열대가 아닐까 의심스러울 지경이다.

나는 자전거를 타고서 시부야의 역 앞으로 서둘렀다. 맞바람이 닿는 순간에는 상쾌하지만, 자전거를 멈추자마자 땀이 솟아 나왔다.

거리에 설치된 온도계를 올려다보자 이미 30도를 넘고 있었다.

도망치듯 알바하는 서점이 있는 빌딩으로 미끄러져 들어갔다.

"후우……. 아아, 시원해."

스포츠백에서 타월을 꺼내 땀을 닦았다. 땀억제 시트 따위, 이 더위 앞에서는 어린애 장난이나 다름없다. 내 생각에는 목욕 타월이 훨씬 실용적이다.

백야드에서 유니폼으로 갈아입고, 명찰을 달았다. 같은 시간에 일하는 알바 동료와 가볍게 인사를 나누면서 플로

어로 나섰다.

“아아, 아사무라. 이쪽에 입하된 책 진열하는 거 해줄래?”

“네. 알겠습니다.”

점장이 짐수레를 가리키면서 말했다.

오늘은 토요일이니까 책이 들어오진 않는다. 그렇지만 내가 일하는 서점은 그럭저럭 큰 가게니까, 입하되는 책을 그 날 즉시 모두 진열할 수가 없다.

짐수레 위에 실린 종이박스를 들여다보았다.

“문고네.”

레이블을 확인하면서, 나는 짐수레를 밀고 책장의 숲을 나아갔다.

문고 책장은 잡지나 단행본하고 거리가 있다. 코믹스 진열대와 가까이 위치했다.

휴일 점심이기에 빌딩에 들어온 손님들은 주로 점심을 목적으로 음식점에 들어가는 시간대였다. 약간 한산한 이 타이밍에 빈 책장을 메워버리려는 것이다. 물론 개점 전에도 하니까, 오늘의 두 번째 책장 정리가 된다.

“아, 우리 후배도 지금부터야?”

책장을 정리하고 있던 여성이 나를 돌아보았다. 길고 검은 머리칼이 조금 늦게 돌아본 그녀의 얼굴 양옆으로 떨어졌다.

“네, 지금부터요.”

"그러면 나랑 같은 시간이네."

그렇게 말한 그녀는 정숙함을 그림으로 그려놓은 것 같은 외모를 가졌고, 서점의 유니폼을 입는 것보다 기모노를 입고 서 있는 게 더 어울릴 법한 여성이었다.

요미우리 시오리 선배.

"선배는 책장 정리인가요?"

"응. 맞다, 있지. 그거 새로 들어온 거야? 마침 잘 됐어. 거기 있을까?"

"뭐가요?"

"이 레이블 말인데."

정리하고 있던 책장을 손가락으로 가리키면서 말했다.

"『푸른 밤의 틈』이라는 책이야."

그 말에 나는 종이 박스를 들여다보았다.

"이거요?"

"그래. 그거."

이른바 라이트 문예라고 불리는 장르의 한 권이다.

문고의 표지에는 요즘 유행하는 일러스트레이터가 만화보다는 조금 실사로 그린, 고교생쯤 되는 남녀가 달이 떠오른 밤하늘을 배경으로 등을 마주 대고 서 있었다. 독자를 향해서 손을 연인처럼 잡고 있다. 연애물, 일까?

"몇 권 있어?"

"그러니까…… 두 권인데요."

"그것밖에 안 들어 왔구나아. 스무 권 발주했는데~."

"그건 또…… 과감하네요."

"어차피 줄여서 줄 게 빤한걸."

"분명 그렇네요."

"그래도, 이러면…… 쌓아둘 수는 없겠네~."

쌓는다는 것은, 말 그대로 책장 앞의 무릎 높이 평상 진열대에 표지를 위로 향해서 쌓아두는 것이다.

이에 비해서, 책장에 책등만 보이도록 꽂아두는 형식도 있다.

"이거, 벌써 한 달 전에 나온 거죠? 그것도 단행본의 문고본 재판. 아직 팔려요?"

문고본 재판— 다시 말해서, 한 번 단행본으로 나와 팔린 소설을 문고로 재판한 거다. 요컨대 저렴한 버전. 단행본을 살 사람은 대부분 샀을 테니까, 발매한 지 한 달이 지나도 아직 팔리는 것은 대단한 일이다.

그러고 보니 이 타이틀, 본 적이 있는 것 같다.

"그 정도로 재밌어요?"

"그렇겠지. 물론 영화화가 된 것도 이유일 거야."

"아…… 그렇구나. 그랬었어."

어쩐지 귀에 익은 타이틀이다 싶었다.

벌써 개봉된 실사영화의 원작이었지, 이거. 집어 든 책에서 손가락을 치우고 자세히 보자, 띠지에 영화 스틸 사진과 영화 공개 중이란 문구가 보였다.

신경 쓰이긴 했는데, 아야세 양과의 생활이나 기말고사 준비로 빠듯해서 완전히 잊고 있었다.

"아직도 팔린다니까. 하지만, 이제 한 권 남았어."

"더해서 세 권인가요? ……그건 분명히 쌓아두기는 못하겠네요."

작가별로 진열해둔 책장 쪽에도 최소한 한 권은 꽂아둬야 하니까 평상에 두더라도 두 권뿐이다. 타워가 낮아지고, 한 권이 팔리면 더 이상 타워도 아니다. 옆에 쌓여 있는 책과 너무나도 차이가 생긴다. 그럴 때는 보통 책등만 보이도록 꽂아둔다.

"하지만, 그러기는 싫단 말이지."

요미우리 선배가 이 정도로 말한다면, 상당히 추천하는 타이틀이라는 거군.

팔리는 책일수록 눈에 띄는 곳에 둔다.

이것은 알바를 하다 보면 실감하게 되는 말이다.

그런 책은 책을 별로 안 읽는 사람도 사니까 눈에 띄는 장소에 두는 편이 친절하고, 안 그러면 발견되지도 않는다. 독서 초보자는 서점을 샅샅이 찾아다니지 않으니까. 그에 비해서 많이 팔리지는 않아도 책을 좋아하는 독자가 좋아하는 책은, 눈에 안 띄는 장소에 있어도 뜻밖에 다들 잘 찾는다.

"너처럼 말이야."

"딱히 그런 책만 즐겨 읽는 게 아닌데요……."

그저 읽는 책의 수가 늘어나면 그런 책도 늘어나는 것뿐입니다. 혹시 요미우리 선배는 내가 괴작만 좋아하는 것처럼 보이는 건가?

"어떻게 할까~."

"그러면, 선반 쪽에 면으로 진열할까요? 신간이긴 하니까요."

"그게 좋겠네에."

같은 작가의 책이 진열된 선반을 조정해서 빈 공간을 만든다. 그 빈 공간에 세 권을 표지가 보이도록 둔다. 그대로 두면 책이 미끄러져 떨어지니까, 책 아래쪽에 받침대를 넣어서 떨어지지 않도록 한다. 팔리고 있다고 하니까, 세 권이면 이번 주말 사이에 다 팔릴지도 모르지만 그건 어쩔 수 없다.

나는 종이 박스 안의 문고를 책장과 평상에 진열하면서, 요미우리 선배의 추천 도서 진열을 도왔다.

"이거면 되겠어."

"그렇구나. 이 영화, 이제 곧 개봉 끝나죠?"

다음 주부터 여름방학이다. 그러면 여름방학을 노린 영화가 시작되어 버린다. 그렇다면, 보러 갈 거라면 이번 주말밖에 없네.

유감이지만, 주말은 알바 근무를 풀타임으로 해야 한다.
자신의 부주의함에 무심코 쓴웃음이 흘렀다.
책장 정리를 마친 요미우리 선배와 백야드에 돌아가면서, 나는 마음속으로 보고 싶었던 작품이었다며 입맛을 다셨다.
미련이 남은 표정을 읽은 건지, 요미우리 선배가 말했다.
"저기, 아직 안 봤으면 말이야? 오늘 알바 끝나고, 심야 상영 갈래?"
"심야 상영? 밤이요?"
아, 심야 상영을 보는 방법이 있었구나. 밤 9시 이후부터니까, 다 보고 나면 거의 자정이 되어버리긴 하지만…….
"나 오늘은 9시 퇴근이거든. 우리 후배도 그렇지?"
"네, 그렇죠."
"내일은 쉬는 날이니까 같이 갈 수 있어."
요미우리 선배가 말했다. 선배도 오늘 근무 끝나는 시간이 나와 같은 오후 9시였구나.
"—밤놀이를 할 거면 토요일이잖아!"
"말을 좀!"
"에이~. 영화 보러 가는 것뿐이잖아."
이 사람은 맨날 일부러 푹 찌르고 들어온단 말이지. 뭔가 다른 뜻이 있는 것처럼 보이는 것까지 다 계산했을 거야.
"영화만 보는 거죠?"

"물론!"

생글생글 웃는다. 나 놀리는 거 아닌가? 하지만, 나로서도 신경 쓰이던 영화였다.

"알았어요. 저도 보고 싶었으니까. 나중에 부모님께 연락해둘게요."

"부모님한테 연락! 와아, 엄청 건전한 고교생!"

"아니, 요미우리 선배의 고등학생 시절도 그렇게까지 옛날이 아니잖아요?"

"대학생은 벌써 어른이거든♪"

"그러니까 불건전해졌단 말이죠?"

"말을 좀!"

내가 반격하자, 요미우리 선배가 웃었다.

"그런데, 우리 후배."

"뭔가요?"

"연락할 거라면, 더 중요한 상대가 있지 않아?"

"어? ……누구요?"

"여동생. 걱정하지 않을까?"

"걱정……은 안 할 것 같은데요."

밤늦게까지 돌아오지 않는 나를 걱정하는 아야세 양이라는 그림이 아무래도 머리에 떠오르지 않아서 나는 순순히 그렇게 말했다.

"헤에, 그렇구나?"

어쩐지 속뜻이 있는 말투 같은데.

뭐, 신경 써도 어쩔 수 없지.

그리고 입장이 반대라면, 나는 고등학생씩이나 된 상대의 행동을 일일이 걱정하는 것은 실례라고 느낄 거다. 아야세 양도 마찬가지일 거라고 생각한다. 아야세 양은 아키코 씨를 난처하게 만드는 일은 안 하니까.

……한 달 전에 폭주했던 밤이 떠올랐지만, 그건 예외니까 고개를 저었다.

휴식 시간에, 나는 아버지에게 연락했다. 알바 선배랑 영화를 보고 돌아간다고.

『여자애랑 데이트야?』

이상하게 들뜬 아버지의 목소리가 내 귀에 돌아왔다.

"영화만 보는 거야."

『역시 유우타도 남자애구나아.』

그렇게 감개무량한 말투로 할 말이 아니라고 생각하는데. 그리고 나는 전부터 남자애였다고 생각하는데.

『하지만 아직 고등학생이니까 밤놀이는 적당히 해라.』

"그런 거 아니라고!"

짤막하게 대답하고 전화를 끊었다.

아버지의 말은 탓하는 것도 막는 것도 아니었다. 그냥 손 놓은 방임주의처럼 들리지만, 그건 신용을 하고 있기 때문이다. 그러니까 나는 배신할 수 없다. 기대를 받는 것은 싫지만, 그렇다고 키워준 아버지가 보내는 신뢰를 배신하려고 생각하지 않는다.

전화를 끊고서, 나는 휴대전화 화면을 보고 문득 아야세 양에게도 LINE 메시지를 보낼까 생각했다.

아니, 괜한 일인가? 오늘은 아버지도 아야세 양도 하루 종일 집에 있다. 그러니까 가족 중 한 명에게 연락했으면 문제없을 거야.

알바 선배와 영화를 보러 간다고 연락을 한다니. 그 정도로 내 동향을 상세하게 전해야 할 관계도 아니다. 그보다도 아야세 양이 만약 공부하고 있다면, 집중력이 끊어질지도 모른다. 그게 더 싫다.

알바 끝날 시간이 와서, 나는 유니폼을 갈아입었다. 그리고 요미우리 선배에게 이끌려서 직장인 서점을 떠났다.

바람이 아직 미지근해서 바깥으로 나오자마자 땀이 나온다. 이건 오늘 밤도 열대야다.

빌딩 사이에서 올려다보는 하늘은 이미 검디검었지만, 시부야의 거리는 아직 거의 다 불빛이 꺼지지 않았다.

소란이 멈추지 않는 불야성. 아싸인 나에게 이 거리의 밤은 너무 밝다. 마음이 장난 아니게 불편하다.

평소라면 자전거를 타고 얼른 돌아갈텐데, 설마 연상의 미인과 함께 밤거리를 걷게 되다니.

그러고 보니 요미우리 선배의 사복 차림을 이렇게 가까이서 보는 것도 처음 아닐까?

밝고 상큼한 색의 부드러운 소재로 된 상의. 플레어스커트의 주름이 훌쩍 휘날리고, 다리는 검은 타이츠에 싸여서 우아하게 뻗어 있었다.

시부야의 인싸 갸루들과 다르게 차분하며— 입 다물고 있으면 야마토 나데시코 같은, 화려한지 수수한지를 따져보면 수수한 복장이다. 그래도 분명하게 다른 방향성으로 꾸미는 걸 의식한 느낌이 든다. 그것이 선배의 내면을 나타내는 걸지도 모른다고 생각하기도 한다. 그리고, 요미우리 선배는 대학생이지. 내가 보기에는 역시 어른 여성이었다.

문득, 집에 있을 때 아야세 양의 사복 차림을 떠올렸다.

머리색은 화려한 그대로지만, 집에 있을 때는 손목의 액세서리나 피어스를 빼두고 있다. 화장도 지운다.

그래도 그녀는 자신의 신념이 있었다. 우리 가족밖에 없을 때도 만화나 애니메이션에서 가끔 보이는, 「집에서는 사실 위아래 츄리닝을 입고 다녀서 촌스럽고 귀엽다」 같은 갭을 보여주지는 않았다.

평소와 마찬가지. 어제 입었던 룸웨어는 깊은 적색의 원피스였다. 얇은 하얀 옷깃과 소매, 옷자락에 하얀 라인이 들어가 있었는데, 그대로 밖을 걸어 다녀도 될 것 같았다.

그녀에게 옷은 무장이다. 공격력과 방어력을 낮추고 싶

지 않은 거겠지.

내 앞을 걸어가던 선배가 발길을 멈추고 빙글 돌아보았다.

"여보세요. 여성이랑 걸을 때는 딴생각을 하면 안 되거든?"

"아, 그래요?"

그렇게 대답했더니, 선배가 한순간 진지한 표정으로 씨익 웃었다.

"그 반응이 좋은걸~. 리얼한 고교생 남자라서."

"리얼하다고 하셔도 말이죠……."

뭐가 어떻게 리얼하다는 건지 나는 알 수가 없다.

"왕자님인데도 공주님이 기뻐하는 반응을 해주지 않는다는 거야."

"……혹시, 저, 사과하는 편이 좋아요?"

"안 그래도 되지 않을까? 그 정도 플랫한 게 너다우니까. 그러는 편이 나도 신경 쓸 일 없어서 편해."

나는 조금 말문이 막혔다.

분명히, 나는 내가 신경을 쓰는 것도 남이 신경을 써주는 것도 좋아하지 않는다. 하지만, 이런 식으로 상대가 직접 지적한 적은 없었다.

아니, 아야세 양이 있었지.

"어서 와. 시간 없어. 서두르자."

또다시 선배가 걷기 시작했다.

혼잡한 길을 지나가길 몇 분. 영화관에 도착했다.

"티켓 사 올 테니까, 우리 후배한테 마실 거 부탁해도 될까?"

"좋아요. 그러면 정산은 나중에 한꺼번에 하기로 하고. 뭐가 좋아요?"

"다이어트 콜라. ……왜 웃어?"

"영화 볼 때는 팝콘이랑 다이어트 콜라?"

"정석은 중요하다고 생각해."

"알았어요. 맛은 뭘로 할까요?"

"그야 캐러멜이지!"

내가 무심코 웃음을 흘리자, 그걸 본 요미우리 선배는 조금 뾰로통해져서 발권기 쪽으로 걸어갔다. 이 사람, 의외로 단 거 좋아하는구나. 아니면 뭔가에 영향을 받은 걸까?

그녀의 뒷모습을 배웅하고서 부탁받은 걸 사러 갔다. 구멍이 뚫린 종이 박스 홀더에 꽂혀 있는 팝콘와 음료수를 들고 돌아보자, 선배가 작게 손을 흔들면서 달려오는 참이었다.

"4번이래."

"알았어요."

"내가 들까?"

"괜찮아요. 대신 티켓 부탁해요."

"네~에♪"

티켓 게이트를 통과하여 4번 스크린을 찾았다. 흘러 들어가는 인파를 보니, 남녀 두 사람 일행이 그럭저럭 보였다.

선배가 중얼거렸다.

"역시 커플이 많네~."

"연애물인 것 같으니까요."

무거운 방음문을 통과해서 바깥의 밤을 그대로 가져온 것 같은 상영관 안으로 들어가자, 선배와 하던 대화가 문득 그 순간 끊어졌다. 신기한 일이다. 이 기분의 전환이 영화관에 가는 의미일지도 모르겠다.

대화의 음량이 그때부터 한 단계 내려갔다.

우리가 앉을 의자를 찾았다. 자리의 블록은 한가운데쯤이고, 앞 좌석이 없는 자리였다. 가장 앞 블록에서 한 단 올라간 뒤쪽 블록의 가장 앞줄. 자리까지 걸어갈 때 중간에 앉아 있는 사람들의 다리에 부딪히지 않도록 신경 쓸 필요가 없이 갈 수 있다.

"앞 좌석을 차버릴 것 같잖아. 그런 거 신경 쓰기 싫어. 이 자리, 싫어?"

"아뇨. 전혀. 괜찮아요."

"다행이다."

나는 드링크를 홀더에 세팅하고, 팝콘은 선배에게 건넸다.

"후훗, 바스켓 팝콘! 뭘 좀 아는걸!"

"양, 괜찮아요?"

"이거, 우리 후배도 먹을 거잖아?"

"저는 뭐 볼 때 안 먹어도 괜찮아요. 사양하지 말고 드셔주세요. 남으면 끝난 다음에 먹어버리죠."

"그럴 수가아. 둘이서 먹자아~."

그녀는 그렇게 말하면서, 무릎 위의 바스켓을 내 쪽으로 기울였다. 필연적으로 내가 팝콘과 함께 요미우리 선배의 스커트 너머 허벅지를 보게 되어버린다.

"—잘 먹겠습니다."

그렇다고 뭐가 어떻게 되는 것도 아니다. 팝콘에 집중해야지.

현실이라는 것은 종종 그저 그렇게 흘러가 버리는 것이다.

캐러멜이 묻은 팝콘을 하나 집어서 입안에 넣었다. 달다. 하지만, 먹을 수 없을 정도의 달콤함은 아니다. 나는 상영 중에 뭘 잘 안 먹지만, 이 팝콘은 괜찮다고 기억해두기로 했다.

영화와 함께 먹는 것도 좋겠어, 이거. 꽤 괜찮을 지도.

상영관의 불빛이 한 단계 어두워진다. 나는 급하게 스크린 쪽으로 시선을 돌렸다.

나도 선배도 대화를 멈추었다. 영화를 보러 왔으니 이게 정답이지.

다른 영화의 광고 영상이 시작됐다.

왜인지 로봇과 닌자가 싸우고 있는 실사영화의 더빙판인 모양이다.

"재밌어 보이네……."

속삭이는 목소리로 말하자, 선배도 음량을 줄인 목소리로 대답했다.

"그렇네……. 3부작의 4탄이지, 이거……."

"3부작의…… 4, ……응?"

"그건 따지면 안 돼……. 무사의 온정이라는 거지. 아…… 시작된다."

선배가 검지를 입술 앞에 세웠다. 둘이 동시에 입을 다물었다.

그렇게 본편이 시작됐다.

상영 전에 본 포스터는 눈물 빼는 영화로 소개하고 있었다.

그런데 오프닝부터 웃을 수 있는 요소가 많다. 코미디인가? 그렇게 생각한 것은 불과 5분 정도였고, 그 뒤로 분위기가 휘릭 바뀌었다.

나는 영화에 확 끌려 들어갔다.

첫 하이라이트를 넘어선 참에 숨돌리는 것처럼 짤막한 코미디가 들어갔다. 하아, 하고 숨을 내쉰 나는 문득 옆자리에 앉아 있는 선배를 보았다.

요미우리 선배는 정색하고 가만히 스크린을 바라보면서, 조금도 감정의 변화를 보이지 않는다. 커다란 스크린의 빛이 비추는 그녀의 옆모습은 웃고 있는 것도 울고 있는 것도 겁을 먹는 것도 아니라, 그저 진지하게 화면을 바라보고 있었다. 평소에 휘리릭 표정이 바뀌는 선배라고 생각하기 어려운 표정이다. 영화를 보고 싶을 뿐이라는 선배의 말은 거짓말이 아니었다. 지금 이 순간에 선배의 머릿속에서 나 같은 건 사라져 버렸을 게 틀림없다.

그런 게 좋다고, 나는 생각했다.

그리고 새삼, 나는 지금 미인 여성과 함께 영화를 보고 있다는 걸 깨달았다.

이건 아싸 남고생에게는, 현실에서 일어날 법한 일이 아니지 않을까? 여기 있는 나는 정말로 나지? 어쩐지 모르게 믿을 수 없는 기분이 들면서도, 나는 영화로 의식을 되돌렸다.

제대로 봐야지. 오늘 밤은 영화를 보러 온 거니까.

부저가 울리는 소리와 함께 실내에 불빛이 가득 찼다.

나는 눈을 깜박이고, 굳어진 몸을 풀면서 깊게 숨을 내쉬었다.

재미있었다.

마지막이 너무나도 뜻밖이었고, 조금 울 것 같았다. 이건 원작을 살지도 모르겠는데.

"내일은, 굶어야겠네에."

"네?"

그 말에 옆을 보자, 요미우리 선배가 팝콘의 바스켓을

이쪽으로 기울였다. 안이 텅 비었다. 바스켓 사이즈를 다 먹었구나.

"열중하게 되면, 손이 기계적으로 움직이지 않아?"

"이해는 하지만, 이해 못 하겠어요."

"우리 후배한테 맡겨둘 걸 그랬어~."

"그 사이즈는 저도 혼자서는 무리였다고 생각하는데요. 아아. 제가 들게요."

요미우리 선배가 백을 손에 들고 일어서길래, 스포츠백을 어깨에 건 내가 선배한테서 커다란 그릇을 받았다. 쓰레기는 한데 모아 버려야지.

"고마워."

"그 컵도요."

건넨 빈 컵을 겹쳐서, 전부 한꺼번에 상영관을 나온 참에 버렸다. 그대로 둘이서 출구로. 티켓 게이트를 통과해서 영화관 밖으로 나왔다. 역을 향해 나란히 걸으면서 영화의 감상을 이야기했다. 밖을 걸어 다니는 사람들은 아직 많다. 문득, 대체 시부야는 언제가 되어야 잠드는 걸까? 하고 생각했다.

나는 중간에 있는 자전거 주차장에서 자전거를 찾아, 기다려준 선배를 배웅하여 역 근처까지 갔다.

"그럼 갈게요. 이제 밤이 늦었으니까요."

그렇게 말하고 헤어지려는 참이었다.

"좀 더 같이 가줘."

선배가 조용히 말했다.

그리고 입을 다문 채 걷기 시작했다.

한순간 당황했지만, 나는 자전거를 밀면서 선배를 따랐다. 역 주위를 빙 도는 것처럼 걸어서, 유명한 거대 오브젝트를 왼쪽으로 보면서 지나쳤다. 거기서부터 역과 멀어지는 방향으로 나아갔다.

"어디 들를 셈인가요?"

"이쪽에 차를 세워놨거든."

"아아."

그러고 보니, 요미우리 선배는 차로 출퇴근한다고 했었다. 흠, 자동차라. 보통 자동차 면허를 딸 수 있는 건 18세부터였다. 대학생이니까, 요미우리 선배가 면허증을 가지고 있어도 이상하지 않다. 18세는 넘었으니까…… 만 20세를 넘었는지는 모르겠지만.

아아. 내년 생일 지나면 나도 면허 딸 수 있구나. 생각해본 적이 없었다.

"우리 후배는 면허 딸 거야?"

"으음~. 글쎄요?"

"요즘 젊은 애들은 그다지 차에 흥미가 없나?"

"젊은 애들이라니…… 선배."

"하지만, 지금도 성인이 됐을 때 남자 두 명 중 한 명은 면허를 딴 상태라고 하던걸? 어때? 이 말 들으니까 따고 싶어지지 않아?"

"두 명 중 한 명이 가지고 있다면, 그 녀석들에게 대가를 지불하고 태워달라고 하면 되죠."

말한 순간에 선배가 입을 쩍 벌렸다. 굉장히 놀랐을 때 만화에서 보일 법한 표정을 현실의 인간이 할 줄은 몰랐군.

"어머나깜짝상자네."

선배는 현역 여대생으로서 괜찮은 걸까 싶은 말을 때때로 내뱉는다. 아마 책을 읽고 있는 양이 남들보다 조금 많다고 생각하는 나조차도 알 수 없을 말들. 선배, 대체 그런 말은 어디서 배워오는 건가요?

"이상한가요? 합리적이라고 생각하는데요."

"아니아니. 합리적인 것도 정도가 있어야지."

"그런가요……. 뭐 뻔뻔하다고 생각하지 않도록, 대가에 충분히 신경을 쓸 필요가 있다고 생각하지만요."

"대가라니……. 아니 그게 아니라. 저기, 여자친구를 집에 바래다준다거나 그럴 때 차가 있으면 편하잖아."

그 생각은 한 적이 없었다.

"그건, 그러면, 일단 여자친구를 만들어야 하잖아요. 아싸인 저한테는 상당히 어려운 일 같은데요."

"차가 있으면 그쪽에서 다가올지도 모르잖아?"

"차가 있다고 다가오는 여성은 싫은데요."

요미우리 선배가 웃어 버렸다.

"아하하하하. 그건 맞는 말이야!"

그런 대화를 하고 있는데, 나와 선배가 걷는 앞에 작은 숲이 보였다.

숲— 아니, 공원이네.

"저 공원 옆에 주차장이 있어. 거기 세워뒀지."

"가게에서 그럭저럭 머네요."

"시부야는 생각 외로 괜찮은 주차장이 없어. 그건 그렇고, 이제 날짜가 바뀌려는 시간인데도 아직 덥네에."

작은 손을 얼굴 옆에서 훌훌 흔들어 부채질하면서 선배가 말했다.

다가오는 공원의 나무들은 풍성한 이파리에 뒤덮여서 울창하게 우거져 있었다.

그렇지만 밤의 어둠 속에서는 녹색이 검은색과 다를 바 없어서, 도회지의 빛을 배경으로 거기에만 어둠이 웅크리고 있는 것처럼 보였다.

다가갈수록 불빛도 줄어들고 사람들의 통행도 적어지니까, 선배가 나를 데리고 온 것도 이해가 될 것 같다.

가로지르면 빠르다며 요미우리 선배는 차들 사이를 지나서 안으로 들어갔다.

길쭉하게 포장된 길을 따라 띄엄띄엄 가로등이 있었다. 빛의 삼각뿔은 끊어지지 않고 이어지며 우리들의 발치를 간신히 비추고 있었다. 바람이 나무들의 잎을 흔들어, 낮의 열기가 남은 공기를 조금이나마 완화해 주었다.

아무도 없는 밤의 공원을 선배와 나 단둘이서 걷는다.

옆을 걷던 선배가 갑자기 멈췄다.

"잠깐만 기다려."

"아, 네."

선배의 말에 따라 얌전히 멈췄다.

"바래다준 답례를 해야지."

"어, 그런 건 됐어요."

"사양하지 말고."

말하면서 요미우리 선배는 보도의 옆에 있는 자판기로 다가갔다.

「어서 오세요.」

세로로 길쭉한 상자의 화면에 갑자기 불빛이 들어오고, 중성적인 목소리의 기계음이 말을 걸었다.

선배가 왼쪽 어깨에 걸고 있던 숄더백에서 스마트폰을 꺼냈다.

음료수 버튼을 누르고 스마트폰을 대자, 덜컹 소리가 나면서 캔 주스가 상품 출구로 굴러떨어졌다. 그걸 다시 한 번. 두 번째도 꺼내더니, 양손에 든 알루미늄 캔 중 하나를 나에게 내밀었다.

"자."

"죄송해요. 고맙습니다."

자전거를 한 손으로 지탱하고, 나는 오른손으로 캔을 받았다. 차갑다. 충분히 냉각됐나 보다.

"양손이 한가득이네. 자전거 세울 때까지 들고 있을까?"

"이 정도는 괜찮아요."

나는 차가운 캔의 뚜껑을 왼손 하나로 재주 좋게 열었다.

그대로 반 회전시켜서 마시는 곳을 앞으로 향하고, 가볍게 입을 대고 한 모금 마셨다. 목 안쪽에 차가운 거품이 흘러 떨어져 위장으로 떨어지는 것을 느꼈다. 후우. 흐르는 땀이 한순간 멈추고, 무심코 숨을 내쉬었다. 맛있다.

"와오, 재주가 좋네에."

"익숙하거든요."

일일이 자전거에서 내려 스탠드를 세우고 자판기에서 사는 게 귀찮으니까, 나는 자주 자전거를 탄 채로 한 손으로 음료수를 산다.

"아차. 지금 그거 스마트폰으로 촬영해둘걸."

"선배, 그걸로 뭐하게요."

"동영상 보존해서 전 세계에 공개하려고."

"프라이버시 보호를 요구합니다. 그리고, 그 정도로 대단한 재주는 아니에요."

"그런가? 의외로 재생수 나올지도 모르는데?"

씨익 웃고서, 문득 갑자기 선배가 입을 다물었다.

"너는, 참 재미있고, 정말로 상냥해."
"갑자기 왜 그러는데요?"
"응. 그게 말이야……."
망설이듯 말을 머뭇거린다. 나는 기다렸다.
빛나고 있던 자판기의 불빛이 꺼지고 선배의 얼굴에 그림자가 졌다.
둘 다 입을 다물어 버리니 한밤중의 공원에는 고요함만 가득하다. 가만히 서 있는 선배 너머로 검은 묘비처럼 우뚝 선 빌딩이 보였다.
"있잖아, 나 말이야. 너한테 해야 하는 말이 있어……."
"……해야 하는 말, 인가요?"
"그래. 말해둬야 하는 거."
나는 선배의 말을 기다리는 수밖에 없었다. 평소의 밝은 어조하고는 너무나 달랐으니까. 공기가 무겁게 느껴져서 숨이 막힌다.
"사실은 말이야……. 나, 앞으로 반년밖에 못 살아……."
한순간, 뭐라고 대답해야 할지 망설이고, 굳어버렸다.
내 머릿속에서 대답의 패턴이 몇 가지씩 시뮬레이션 된다. 거짓말이죠? 어째서? 무슨 일인데요? 그녀가 한 말의 내용에 내 사고가 갈라져서, 나는 선배의 말 그 자체를 보지 못했다.
말문이 막힌 채 나는 가만 서 있었다. 선배의 얼굴을 계속 보고 있었다.

선배는 어쩐지 시험하는 것 같은 눈빛으로 이쪽을 보고 있었지만, 1초, 2초 시간이 지나자 표정에 어색함이 드러나기 시작했다.

"아…… 미안. 거짓말이야. 농담이니까 그렇게 진심으로 걱정하는 표정 짓지 마."

"제가 그런 표정이에요?"

"그래. 우리 후배 수명이 줄어들 것 같은 느낌이야. 영화 흉내를 내본 건데, 좋진 않았네."

나는 퍼뜩 깨달았다. 선배가 말한 시한부 선언의 의미를 드디어 사고가 따라잡았다. 그렇다. 어디선가 완전히 같은 말을 들어봤잖아.

"아…… 아까 그거."

"그거야. 이 밤의 경치가 똑같다고 생각해서."

"그렇구나……. 밤의 공원이었죠……."

나는 왜 깨닫지 못한 거지? 완전히 같은데.

"뭐, 그다음 장면까지는 재현 못 하지만 말이야."

선배가 웃었다.

"혹시 나한테 영화의 히로인 같은 행동을 기대하는 걸까 생각했는데……. 그 반응을 보니까, 아닌가 보네."

"무슨 얘긴데요?"

"너 말이야. 상영 중에, 나를 힐끔거리며 봤었잖아?"

"엇."

"어디 봤어? 얼굴? 아니면 가슴일까? 아니면 혹시이? 자아, 솔직하게 말을 해보시게나~."

"아니…… 그게."

나는 무심코 말문이 막혔다. 확실히 한순간 영화를 잊고서 그녀를 보고 말았지만.

"아, 정말로 봤었구나."

"앗!"

떠본 거였나?!

그러고 보니 선배는 한 번도 영화에서 눈을 뗀 적이 없었다.

"묘령의 여성을 훔쳐보는 건 어떤가 싶은데~."

"으…… 그건 그게…… 죄송합니다."

나는 순순히 고개를 숙였다.

"아하하. 에~이. 거짓말이야. 사과 안 해도 돼."

"아니, 그래도."

실례되는 일을 한 걸지도 몰라 사과한 건데, 선배는 손을 훌훌 흔들며 그걸 막았다.

그리고 차분하게 나에게 한 손을 내밀었다.

"아, 고맙습니다."

나는 다 마신 캔을 건넸다.

"영화관에서는 네가 해줬으니까. 답례야."

말하면서 자판기 옆의 쓰레기통에 캔을 둘 다 던져 넣었다. 선배가 다가가자 자판기에 다시 불빛이 들어오며 음성 안내가 들렸다. 중성적인 목소리가 오늘은 묘하게 얼빠진 기색으로 들려 버렸다.

선배는「하고 싶은 말」을 삼킨 것처럼 보였다. 그렇지만, 나는 그것을 괜히 다시 끄집어내는 것을 주저해 버렸다…….

걷기 시작한 선배를 따르듯 나는 자전거를 밀었다.

공원을 빠져나가 차를 세워둔 주차장까지, 나와 선배는 입을 다문 채 아무 이야기도 하지 않았다. 화제를 찾고서도 말을 꺼내는 걸 그만둬 버려서, 선배가 여기까지만 와 주면 됐다고 말할 때까지 아무 말도 못 했다.

결국, 말한 것은 작별인사였다.

"아, 요전에 가르쳐준 음악. 정말 고마워요. 아야세 양도 좋아했어요."

"화제가 궁하니까, 그게 나오네~."

선배가 웃었다.

"네?"

"아니야. 사이 좋은 여동생한테 안부 전해줘."

그 말을 남기고 그녀는 주차장 안으로 사라졌다. 나는 떠나는 선배의 등을 잠시 눈으로 배웅하고, 자전거를 돌려 돌아갔다.

직전에 나눈 대화를 몇 번인가 다시 떠올려 보면서 자전거 페달을 밟았다. 뭘 어떻게 하는 게 정답이었는지는 전혀 모르겠다…….

집으로 돌아가자 거실에 불이 켜진 상태였다.

들여다보니, 아야세 양이 공부하던 모습 그대로 테이블에 엎드려 자고 있었다. 펼친 노트에 한쪽 볼을 붙인 채 푹 잠들어 있었다.

잠든 숨소리가 에어컨이 내는 소리 속에서 희미하게 들렸다.

왜 자기 방이 아니라 거실에서? 그렇게 생각하면서도 냉방의 바람을 맞고 있는 아야세 양을 보고 감기 걸리지 않을까 걱정이 되었다. 깨우는 것도 생각했지만, 아야세 양은 공부하다가 잠들어 버린 모습을 나한테 보여주는 걸 싫어할지도 모른다고 생각했다. 결국, 얇은 이불을 가져와서 어깨에 덮어주었다. 그때 한쪽 귀의 이어폰이 빠져 있고, 스마트폰에서 계속 재생 중인 로우파이 힙합이 흘러나오는 걸 깨달았다.

아아, 제대로 들으면서 공부하고 있구나. 그렇게 생각했다. 학습 효율이 올라갔는지 아닌지는 알 수 없지만.

너무 남에게 자신의 가치관을 강요하는 건 좋아하지 않지만, 이렇게 추천해준 것을 마음에 들어 해주는 건 순순히 기쁜 일이다. 나는 지금 드디어 그것을 깨달았을지도

모른다. 아야세 양에게 도움이 된다면 다행이야. 맛있는 프렌치 토스트의 답례로는 아직도 부족하지만.

열사병에 걸리지 않을 정도로 에어컨의 온도를 조금만 올려주고, 나는 취침할 준비를 시작했다. 목욕하고, 양치도 하고, 물을 마시고 화장실에 간다. 자기 전에 다시 한번 거실을 살펴보자, 아야세 양은 아직 자고 있었다.

에어컨이 켜진 상태니까 목이 건조해지지 않을까? 깨워야 할까 한순간 망설였지만, 결국 관뒀다. 아야세 양이니까 이대로 아침까지 잠들지는 않겠지. 이미 어젯밤에 한 번 저질렀으니까.

예상대로 내가 방에 들어갔을 때, 문 너머로 스마트폰의 알람 소리가 들렸다.

아야세 양이 일어난 거실의 기척을 느끼면서 나는 얼른 잠들었다. 내가 자는 모습을 봤다는 걸 알리고 싶지 않았거든.

자는 척할 셈이었는데, 알바와 심야 상영의 콤보에 예상 이상으로 피로가 쌓여 있었는지 순식간에 나는 수마에 휩쓸렸다.

꿈속에서, 고풍스러운 노이즈가 섞인 음악이 계속 귓가에 울리고 있었다.

●7월 19일 (일요일)

눈을 뜨자마자 머리맡의 시계를 확인했다.

7시 반. 나는 조금 안도했다. 일요일 아침 기상 시간치고는 충분히 이르다. 마음을 굳게 먹고 일어나기로 했다. 잠든 시간은 늦었지만, 상당히 깊게 잤는지 머릿속은 상큼했다.

거실에 가자, 역시 아버지와 아키코 씨는 아직 자고 있었다. 그렇지만 예상대로 아야세 양은 이미 일어나 있었다.

이미 몸가짐을 완벽하게 갖추고 있어서, 집 안인데도 빈틈이 전혀 없다. 어깨가 보이는 오프 숄더의 옷 위에 시어(sheer) 소재의 풀오버를 두르고 있었다.

"안녕? 아야세 양."

"안녕? 아사무라 군."

그렇게 말하며 아야세 양이 일어섰다. 낙낙한 상의를 허리춤에서 같은 소재의 리본으로 묶고 있었다. 아래쪽은 빨간 핫팬츠다.

"아, 내 건 내가 할게. 벌써 다 먹었잖아?"

이미 식사를 마치고 커피를 마시고 있던 아야세 양이 일어서면 좀 미안하다. 그대로 앉혀뒀다.

"지금 끝난 참이야. 그건 아사무라 군 거야."

테이블 위에 놓인 요리를 그렇게 말하면서 가리켰다.

"이걸 데우면 되는 거지?"

아야세 양이 가리킨 그릇을 나는 전자레인지에 가져가려고 하다가 순간 멈췄다. 이거, 데우는 건가? 아니면 차가운 그대로 먹는 건가? 한순간 고민했다. 얕은 수프 그릇에 손을 댄 순간 싸늘한 차가움을 느낀 탓이었다.

"그대로 먹어도 돼. 차가운 상태로 먹는 게 맛있어. 오히려 지금 막 냉장고에서 꺼낸 거야."

내가 일어나는 기척을 느끼고 준비해준 거겠지. 아야세 양은 여전히 세심하다.

수프 그릇을 보자, 노란색을 띤 걸쭉한 수프였다.

"무슨 수프야?"

"호박."

"……호박은 여름부터 가을에 걸쳐서 수확하는 거 아니었나? 호오. 벌써 먹을 수 있구나."

"그래?"

"여름에 수확해서 가을에 먹는다고 어디선가 읽은 적 있어. 막 수확한 건 달지 않으니까 익히는 거 아닐까? 할로윈(만성절 전야)에 호박 랜턴을 장식해 놓고 호박 대왕이 오는 걸 기다리잖아?"

"그게 뭐야?"

"『피너츠』 몰라? 『스누피와 찰리 브라운』이라고 하면 아나?"

"아아. 라이너스의 담요구나."

"그쪽이 나오네……."

찰리 브라운의 단짝 친구인 라이너스는 좋아하는 담요를 언제나 놓지 않는다.

블랭킷 증후군이라고도 하는데, 누구든지 좋아하는 것은 있고 놓을 수 없는 것이 있다.

남에게는 티끌로도 보이지 않는 것이 누군가에겐 보물이기도 하다. 그런 물건은 누구에게든 있다. 아야세 양도 분명 있을 거고.

어른이 보기에는 지저분해 보여서 버려지기도 한다. 그러면, 더욱 집착이 늘기도 한다.

문득 어머니의 화난 얼굴이 떠올라서, 나는 마음속으로 고개를 저어 떨쳐냈다.

"뭐, 지금은 어떤 야채든 언제든지 먹을 수 있으니까 신기할 건 없겠네. 하지만, 호박이 이렇게 깔끔한 수프가 되는구나."

마치 옅게 색을 띤 신주(神酒) 같았다.

"호박과 양파를 익힌 다음에, 우유랑 생크림을 더해서 푸드 프로세서에 돌렸어."

내가 흥미를 가진 것에 반응한 아야세 양이 대강 레시피를 설명해 주었다.

흥미가 생겼더라도 갑자기 요리 만들기를 좋아하게 될 정도로 인간은 변하는 존재가 아니다. 하지만 배달과 도시락 생활이 변하지 않아도, 언젠가 도움이 될지도 모르니까.

레시피를 머릿속 한구석에 메모하면서, 나는 빵을 토스터에 넣었다.

“휴일 아침에 두 장 먹는 건 드문 일이네. ……아, 괜한 말이었으면 미안.”

“아야세 양도 아키코 씨도, 식사를 만들어주기만 하는 게 아니라 세세한 부분까지 신경을 써주니까. 괜한 말이라고 생각 안 해.”

내가 말하자, 아야세 양은 조금 어색한 표정을 지었다.

아야세 양은 한 번 들은 사람의 취향을 잊지 않는데, 아마 누구에게나 그런 것은 아닐 거다. 그것은 극단적으로 교우 관계를 줄인 것으로도 알 수 있다. 남의 호감을 사려고 그러는 게 아니라, 소중하다고 생각하기 때문이겠지.

「소중한 어머니의 재혼 상대의 아들이니까」라는 수준의 소중함이라고 해도, 나로서는 영광이라고 생각하지 결코 폐가 된다 생각하지는 않는다.

“그냥 물어본 것뿐이야.”

안 들릴만한 목소리로 중얼거렸지만, 어쩐지 물어본 것 치고는 쑥스러워하는 것처럼 보이는 건 기분 탓일까?

이 장면만 잘라내면 라이트 노벨이나 애니메이션에서 있을 법한 한 장면이지만, 분명히 진실은 그렇게 새콤달콤한 것이 아닐 것이다. 그저 친절함이나 사람으로서의 정이 스며 나온 결과에 대한 쑥스러움이나 상냥한 행동을 잘못 읽어냈을 때, 불행한 호의의 어긋남이나 슬픈 일방통행의 감정이 태어난다.

나는 아야세 양의 행동을 잘못 읽지 않도록 조심하고 있다. 평소부터 긴장하고 있다. 그러니까 틀리지 않는다. 그러나, 설령 잘못 읽는 사람이 있어도 어쩔 수 없다고도 생각한다.

현실은 애니메이션도 아니고 만화도 아니다. 그런데 비슷한 장면과 마주치면 우리는 어쩔 수 없이 착각해버린다. 이건 이미, 사람으로서 어쩔 수 없는 습성이다.

어젯밤만 해도 요미우리 선배의 시한부 고백에 머리가 새하얘졌지. 기습에는 무력하다.

"그래서, 토스트 수 말인데. 역시 풀타임으로 알바를 하면 배가 고프거든. 어제는 실수했어. 토스트 한 장에다가 점심까지 굶고 갔더니, 휴식 때까지 계속 배에서 꼬르륵 소리가 났거든."

조금 익살을 부려 말하면서 나는 의자에 앉았다.

"일하느라 수고하셨습니다."

"아뇨. 천만에요."

조금 거창한 대화 덕분에, 분위기가 평소처럼 플랫하게 돌아왔다. 이것도 어색함을 제거하기 위한 의식 같은 걸까?

토스트 두 장과 호박 수프 말고도, 양배추와 치킨 샐러드가 커다란 접시에 담겨서 테이블 중앙에 놓여 있었다.

창문에서 들어온 아침 햇살을 받은 유리그릇의 테두리가 빛나고 있었다.

"드레싱은 취향에 따라 선택하면 돼."

"고마워."

아야세 양은 본래대로 커피를 한 손에 들고 스마트폰으로 시선을 되돌렸다. 이어폰을 끼지 않았으니, 뭔가 조사하고 있는 걸지도 모른다.

일단은, 호박 수프를 먹어보자.

나는 스푼으로 한 숟가락 떠서 입에 넣어봤다. 코끝을 스칠 때부터 희미한 향이 났었지만, 혀 위를 미끄러지자 그야말로 호박 맛이다. 본래 잘 익은 호박은 부드러운 법이지만, 푸드 프로세서에 돌리니 마치 스무디처럼 매끄러워졌다. 달콤하지만 목으로 잘 넘어가고 산뜻하다. 이것은 분명히 차갑게 먹는 게 정답이다. 제철이 아니라도 더운 계절에 먹고 싶은 수프라고 생각했다.

"있잖아."

샐러드 치킨을 먹고 있는데, 문득 아야세 양이 말을 걸었다.

응? 나는 시선을 올렸다.

"어젯밤에 얇은 이불 덮어준 거, 아사무라 군이지?"

"아, ……응."

순순히 대답하면 자는 얼굴을 본 게 들켜 버린다.

그러나, 여기서 이상하게 꾸며내는 것은 안 좋은 수라는 걸 지금 나는 알고 있었다.

속옷을 방에 널고 있던 아야세 양의 방을 우연히 보게 되어서 식은땀을 흘린 것이 불과 1개월 전의 일이다. 그렇다고 해도 「아, 응」이라는 대응이 최선이었는가 하면 쓴웃음밖에 안 나온다. 숨기고 싶은 마음이 남아 버렸잖아.

"역시 그랬구나."

"보충수업을 피하고 싶은 건 이해하지만, 재시험 때 컨디션이 무너지면 안 된다고 생각해서."

"그렇네. 응……. 고마워."

"감사를 받을 정도는 아니옵니다."

그리고, 그걸 따지면 식사 준비를 맡기고 있는 나는 더욱 감사를 해야 한다. 그렇게 생각한다면 도와라. 이렇게 말할 수도 있다. 하지만 한 달 정도 전에 이미 그 결론에 이르렀었고, 내 제안은 아야세 양이 부드럽게 거절을 해버렸다.

둘 다 안 하거나 둘 다 하는 것은 알기 쉬워서 좋지만, 이런 불균형은 어떻게 밸런스를 잡아야 좋을까?

기브 & 테이크의 기브를 넉넉하게. 생각은 쉬워도 실천은 어렵다. 학습 효율을 높이는 방법이 음악 말고는 또 뭐가 없을까?

"어젯밤에, 영화 보러 갔었다며?"

나는 무심코 말문이 막혔다.

"그게…… 응. 보고 싶었던 영화가 이번 주말로 상영이 끝날 것 같아서 심야 상영으로 보고 왔지. 어떻게 알았어?"

"타이치 아버지가 굉장히 기뻐하셨어. 『유우타가 처음으로 밤놀이야! 그 녀석은 너무 고지식할 정도로 성실해서, 조금 원리원칙을 따지고 지나치게 딱딱한 게 아닐까 걱정했는데. 이야~, 그럴 나이가 됐구나!』 하면서 저녁 식사 먹을 때 계속……."

"말을 좀!"

그리고 한 마디도 빠짐없이 기억하고 있는 아야세 양의 기억력, 굉장하지 않아?

"알바 선배하고 갔다며?"

"그렇긴 한데. 밤놀이라는 건 너무 거창해. 어쩌다가 보고 싶은 영화가 겹친 것뿐이지. 그리고, 선배가 가르쳐줄 때까지 애당초 심야 상영을 본다는 건 내 발상에 없었거든."

"흐응."

"『푸른 밤의 틈』이라는 소설 알아?"

아야세 양이 작게 입을 벌리며 고개를 끄덕였다.

"들어본 적 있어. 그러고 보니 영화 CM을 본 적도 있는 것 같아."

"아야세 양, TV를 안 보는데 용케 알고 있네."

"인터넷으로도 나오니까."

이번에는 내가 끄덕일 차례였다.

선전은 손님이 있는 곳에 투하되는 법이다. 우리 세대는 TV를 보지 않아도, 인터넷은 본다. 그러니까 광고도 인터넷에 파고드는 것은 당연하다.

“어땠어?”

아야세 양이 물어봤다.

어땠냐는 건, 영화의 감상이겠지.

“어? 으음~. 그렇네. 나쁘지 않았어.”

나는 영화에 대해 기억하는 것을 아야세 양에게 말했다.

이른바 라이트 문예에 속한 소설이 원작이고, 우연히 알게 된 고교생 남녀의 연애물이라는 것. 중간중간 개그를 넣으면서도, 서서히 시리어스함이 늘어나는 이야기라는 것. 엔딩의 반전에 무심코 몰입했다는 것.

“일주일에 한 번, 한밤중의 공원에서만 만날 수 있는 소녀가 있어. 그 소녀는 사실 같은 고등학교의 동급생인데 낮에 만나면 모르는 척을 해 버려. 한밤중에 만났을 때만, 마치 다른 사람처럼 친근해. 두 사람은 만남을 거듭하는 사이에 서로 끌리게 되지. 그러던 어느 날 밤에, 그녀가 그에게 말하는 거야—.”

거기서 한 번 뜸을 들인 다음에 말했다.

“『나, 앞으로 반년 밖에 못 살아.』”

아야세 양은 무심코 숨을 삼켰다. 응, 갑자기 이런 말을 들으면 깜짝 놀라겠지. 나도 요미우리 선배한테 들었을 때는 엄청 놀랐다.

"그래서, 거기서부터 클라이막스에 접어드는 건데, 이 이상은 스포일러니까 그만해야겠네."

마루는 아니지만, 나는 자기도 모르는 사이에 상당히 빠르게 쉴새 없이 말하고 있었다. 그렇다면 나는 「나쁘지 않은」 정도가 아니라, 상당히 감동했나 보다. 원작을 사볼까 생각했으니까 그것도 당연한가?

"고마워. 재미있을 것 같아. 영화에 대해서는 알았어."

"그렇지? 아야세 양이 재시험만 아니었으면, 아직 오늘까지는 상영할 테니까 꼭 보러 가라고 권했을 텐데."

"시험이 끝날 때까지는."

"그렇지."

"원작이 있으면 그쪽을 읽어볼까. 현대문학의 성적을 제대로 올리기 위해서는, 역시 책을 더 읽는 것도 필요할 거라고 생각하니까."

"아무래도 라이트 노벨은 시험에 안 나올 것 같긴 한데."

라이트 문예가 라이트 노벨인지 문예인지는 모르겠지만.

"하지만, 애당초 나는 소설도 만화도 별로 읽지 않았는걸. 어느 정도까지는 많이 읽으면 능숙해지지 않을까?"

"그건 그렇네."

다만, 정확하게 말하면 아야세 양은 현대문학의 문장을

이해하는 것이 서투른 게 아니다. 그녀가 서투른 것은 자신과 다른 사고를 하는 인간이 말하는 문장이다. 좋아하면서 바보라고 매도하거나, 사랑한다는 말 대신 죽여주겠다고 외치거나.

그렇게 말하자 아야세 양이 조금 불만스럽게 대답했다.

"솔직하게 그대로 말하면 될 텐데."

"사람의 행동은 사람의 수만큼 다양하거든. 그러니까, 드라마가 생기는 거고."

사랑에 빠진 두 사람이 서두에서 솔직하게 자신의 감정을 말로 표현해 버리면, 거기서 이야기가 끝난다. 그런 소설이나 만화나 애니메이션은 산더미처럼 있다. 간격 조정을 안 하니까 어긋나는 일이 생긴다. 거기서 비극도 희극도 태어난다. 드라마틱한 러브 스토리는 오해와 어긋남을 몇 번이고 반복하며 나아가는 거니까.

"그 감정을 이해 못 하겠어."

"뭐, 그러니까 그건 블랙박스로 놔두고, 시험에 나올 법한 명작의 주변 정보를 파악하는 걸로 해답을 도출하는 전략을 쓰는 거지. 그래서, 어때? 성과가 있어?"

"모의 문제를 풀어봤는데, 전보다는 점수가 올라가는 것 같아. 분명히 아사무라 군 말이 맞아. 명작 문학의 해석은 상당히 돌아다니고 있구나. 그리고, 시대 배경과 작품의 관계 같은 걸 기억해 두기만 해도 해답의 범위를 좁힐 수 있어.”

“시험이니까.”

그것은 말해둬야겠다고 생각했다.

“무슨 말이야?”

“우리가 치는 시험은, 대답이 없는 문제는 안 나온다는 거야. 오픈 엔드라는 거 알아?”

“열린 결말.”

“그거, 그냥 직역한 거지?”

성실하게 대답한 거겠지만…… 아니지. 성실하게 대답하니까 이상해지는 건가?

아야세 양은 개그를 칠 생각 같은 거 없겠지.

“가끔 영화 같은 거에 있잖아. 주인공이 어떻게 됐는지 알 수 없는 상태로 끝나는 그런 거. 그런, 관객의 상상에 맡기는 확실치 않은 결말을 말하는 거야.”

“그거, 싫어해. 스트레스가 쌓이는걸.”

“그럴 줄 알았어. 그래도 그런 건 시험에 안 나와.”

그리고 그건 결말에만 한정되지 않는다. 작가가 일부러 확실하게 적지 않은, 독자의 상상에 맡기는 부분 따위는 산더미처럼 많다. 그것을 어떻게 이해할 것인가로 격하게 의견이 오가는 명작을 꼽아보면 끝이 없다. 하지만 그것은 시험에 나오지 않는다. 아무리 그래도 대답이 독자마다 다른 것은 채점할 수 없으니까.

"그것도 그렇네."

"그러니까, 해석의 결과가 독자에게 좌우되지 않는…… 적어도 차이가 별로 안 나오는 부분이 시험에서 채용되는 거야. 『선택 문제에서 선택할 수 없는 문제는 안 나온다』라고 어느 학원의 인기 강사가 그러더라."

사고 과정의 명석함이나 창조성, 독자성을 묻는 기술 문제는 또 다르지만.

"뜬금없지만, 납득은 할 수 있어."

"그렇지?"

다만, 그런 애매함이 책을 읽는 재미로 이어지는 것도 분명하다. 애매하기 때문에 자신의 창조력을 자극하는 부분이 있지.

나는 그런 상상을 제거하고 플랫한 관계를 좋아하지만, 독서를 통해 단순히 지식이 늘어나는 것뿐 아니라 다양한 방식으로 사물을 볼 수 있다. 시야가 좁아지는 걸 피하는 것뿐 아니라, 사색이 깊어지거나 창조성을 자극한다. 그걸 통해 사고의 지평선이 넓어지는 감각도 든다.

그래서 아야세 양도, 책을 지식욕으로만 읽지 않았으면 좋겠다고 생각한다. 강요할 생각은 없지만.

"그래서, 요미우리 선배하고는 사귀는 거야?"

식후의 커피를 뿜을뻔했다.

뭐가 어떻게 되면 「그래서」야?

가만히 바라보는 것을 깨닫고 나는 무심코 자세를 바로 잡았다. 검사의 추궁을 받는 피고인처럼 어째선가 진지하게 대답했다.

"요미우리 선배하고는 그런 거 아냐."

"그래?"

"그래. 알바 선배라는 것뿐이지."

"흐응."

"선배도 책을 좋아하니까. 말이 통하거든."

"아사무라 군도 평소에 책을 읽으니까. 그 차이가 어쩔 수 없이 나오는 걸까? 그래……. 역시 책을 읽어야……. 책을 사러 갈지도 모르겠어."

말한 다음, 아야세 양은 어째선가 퍼뜩 뭔가 깨달은 표정을 짓더니, 「그러니까,」 하고 말을 흐렸다.

"어쩌면, 말이야."

"책을 좋아하는 사람이 늘어나는 건 환영이야. 일단 재시험부터라고 생각하지만."

"어? 아. 응, 뭐. ……그렇네."

말하면서 아야세 양은 다시 시선을 스마트폰으로 되돌렸다. 와이어리스 이어폰을 귀에 꽂고 그대로 노트를 펼쳤다.

아무래도 공부 모드에 들어간 모양이다.

나는 식사를 정리하고, 식기를 세척기에 넣고서 자기 방으로 돌아갔다.

오늘도 낮부터 알바를 풀타임으로 해야 한다.

어젯밤은 귀가하고서 침대에 직행했으니까, 이참에 숙제를 안 해두면 위험해.

내일이 제출 기한인 숙제를 끝내고자 필사적이었다. 너무 몰두해서, 스마트폰의 타이머가 울릴 때까지 알바 시간이 나가온 걸 깨닫지 못했다.

덕분에 또 점심을 굶었다.

냉방을 켜둔 맨션에서 밖으로 나가자마자 여름이 돌아왔다.

내리쬐는 햇살의 강함에 눈을 깜박였다. 햇살이 내리쬐어 그을린 아스팔트의 냄새가 났다. 아직 점심도 안 됐는데 오늘도 기온은 이미 30도를 넘었다. 사흘 연속으로 한여름이다.

일요일의 시부야 역 앞은 평소와 마찬가지로 사람이 잔뜩 있었다. 가게에 도착해서, 백야드에서 옷을 갈아입고 가게 안에 들어섰다.

오늘도 12시부터 오후 9시까지 풀타임으로 알바다.

"야호~. 우리 후배 왔네."

들어가자마자 요미우리 선배가 말을 걸었다. 심야 상영에 둘이서 간 것 따위 전혀 티 내지 않고, 태도도 평소와 같았다. 그러는 편이 나로서도 마음이 편했다. 이런 구석이 있어서 커뮤니케이션 강자인 걸까, 이 사람은?

"선배, 안녕하세요? 그거 보충이에요?"

"그래. 도와줄래?"

"네."

요미우리 선배는 종이 박스를 쌓은 짐수레를 밀고 있었다. 쌓여 있는 상자를 들여다보자 무거워 보이는 잡지가 잔뜩 들어 있었다.

오늘은 나도 계산대를 벗어날 수 있었다.

일은 빈 곳에 책을 보충하는 것과 책장 정리가 중심이다.

짬이 나면 책에 씌우는 종이 커버를 접거나, 반품을 종이 박스에 담기도 한다.

알바라고 해도 서점의 일은 무한하다.

아무리 그래도 주문서를 작성하는 것까지는 담당할 수 없지만, 그래도 신뢰를 받으면 요미우리 선배처럼 부족한 책을 요청할 수도 있다.

"여성 잡지네요……. 이번 달도 힘들겠어요."

"그래그래. 책을 다룰 때 고생하는 세 손가락 안에 들어가는 물건."

"부록이 크니까요."

요즘 여성 잡지류는 커다란 부록이 있는 경우가 많다.

알파벳이나 각진 한자 로고와, 타겟이 되는 층의 여성 모델이 표지를 장식하고 있는 것이 이 장르의 잡지다. 이

련 잡지는 책 자체가 크고 두꺼워서 무겁다.

그런 잡지에 커다란 부록이 딸린 것이다.

부록 알맹이는 에코백이거나 적당한 화장품의 샘플, 세련된 파우치 같은 것이다…….

두꺼운 잡지에 커다란 부록이 딸리면, 그 두 가지가 따로 떨어지지 않도록 한꺼번에 묶어둬야 한다.

방법은 크게 두 가지. 끈이나 테이프로 묶거나 고무줄로 묶는다. 둘 다 일장일단이 있다.

끈이나 테이프로 묶으면 잘 안 떨어지지만, 너무 강하게 묶으면 책이 상할 가능성이 있다. 고무줄은 간단하지만 떨어지기 쉽다. 그리고 부록이 붙어있지 않은 것을 깨닫지 못하고 판매를 해버리면, 손님에게서 클레임이 들어온다.

한꺼번에 진공 포장을 해 버리면 해결될지도 모르지만, 부록이 들어간 두께 몇 센티가 넘는 대형 잡지를 한꺼번에 진공 포장을 해서 파는 서점은 별로 없다. 내가 생각하기에, 아마도 코스트가 안 맞는 거다.

"동봉하기 쉽도록 잡지랑 같은 사이즈로 해주는 건 고맙지만 말이야~. 무게 밸런스까지 생각해주질 않아. 자, 들어봐."

"우와! 갑자기 건네지 마세요. ……이건 또 엄청 기울어졌네요."

"그렇단 말이야."

잡지와 같은 사이즈의 얇은 골판지 상자의 부록인데, 무게가 극단적으로 앞에 쏠려 있다.

"이거, 뭐가 들은 건데요?"

"보석상자인가 봐."

"네?"

표지를 보니 액세서리를 넣는 상자인가 보다. 아무리 그래도 잡지의 부록에 보석은 안 들어있겠지. 표지를 장식하는 문구는 화사하지만, 요컨대 소품 상자다.

"이거…… 과대광고라고 하지 않을까요?"

"상자를 먼저 만들어버린 걸까? 그리고, 예상보다도 소품 상자가 무거웠겠지."

"아아……."

실제로 어떻게 된 건지는 알 수 없지만, 선배의 추리에도 납득할 수 있다.

"안 그래도 무거운데, 이렇게 밸런스가 나쁘면 말이지."

"쌓기도 힘들겠네요."

"그래도 팔리니까 쌓아야 한다는 게 문제야."

"해보죠."

예상대로, 잡지의 진열 평상까지 와서 신음했다.

종이 박스에서 꺼내 한 권씩 쌓아 올리자, 옆에 있는 잡지 타워랑 비교해서 3분의 2 정도까지밖에 쌓을 수가 없다. 그 이상은 쌓자마자 앞을 향해서 미끄러진다. 떨어지기 전에 간신히 받아냈다. 잡지의 표지가 매끈매끈한 경질 종이니까, 밸런스가 무너져 타워가 무너지기 쉽군.

"역시 안 되네에."

"무리가 있어요. 한 권씩 위아래를 반대로 해서 교대로 쌓으면 가능할지도 모르지만요."

"그거, 한 권 팔 때마다 표지 문자를 읽을 수 없게 되잖아. 그럼 안돼."

"그렇겠죠~."

그래서 성가시다.

고민 끝에 절반 정도는 위아래 뒤집어 쌓아서 안정을 확보한 다음, 그 위에 표지 로고를 읽을 수 있도록 쌓아 올렸다.

이거라면 어느 정도 팔려도 위아래가 뒤집힌 곳까지 도달하기 전에 보충해버리면 문제없다. 그리고 재고가 떨어지면, 아랫부분을 다시 쌓으면 된다. 수고가 늘지만, 주변 잡지보다도 낮게 쌓여 있으면 영 보기 안 좋다.

주변의 줄어 있는 잡지 타워도 보충해서 다시 쌓았다.

"좋아. 이걸로 일단 끝이네."

종이 박스에 담겨 있던 잡지를 죽 진열하고, 줄어든 타워를 보충하고서 고개를 들었다. 요미우리 선배의 대답이 돌아오지 않네.

선배는 나를 보지 않고, 책장의 한쪽을 보고 있었다.

"저기 있는 애, 뭐 찾고 있어. 잠깐 가보자."

선배가 보고 있는 시선을 따라갔다. 바로 앞에 있는 잡지 책장이 아니라, 더 멀리 있는 책장을 보고 있었다. 그곳에 서성거리며 고개를 갸웃거리고 있는 소녀가 있었다.

밝은색 머리칼, 가게 안의 조명을 반사하여 때때로 귓가에서 살짝 보이는 피어스.

어디서 본 것 같다. 그렇게 생각하는 사이에, 벌써 요미우리 선배가 성큼성큼 그녀에게 다가가서 싹싹한 서점 직원 모드의 목소리로 말을 걸고 있었다.

"뭔가 찾는 게 있으신가요?"

흠칫하고 등줄기를 쭉 펴더니 소녀가 돌아보았다.

"아, 저기, 책을 찾고 있는—."

"어라? 아야세 양!"

무심코 한 말을 들은 요미우리 선배가 나를 돌아보고, 아직 조금 멀리 있던 소녀도 고개를 이쪽으로 돌렸다.

한순간, 나를 못 알아본 모양이다.

하긴 그렇겠지. 이 가게의 앞치마를 두르고 있는 내 모습을 아야세 양은 처음 볼 거다. 아야세 양의 입이 아, 의 형태로 동그랗게 벌어져 있다. 요미우리 선배는 그때 이미 사냥감을 포착한 고양이과 맹수처럼 돌진하고 있었다.

요미우리 선배가 재미있어 보이는 것을 그냥 놔둘 리 없었다.

"책을 찾고 있는 거죠? 도울게요. 꼭 그러고 싶어요!"

"저기 그게, 네. 고맙습니다……."

"맡겨줘요!"

인싸 갸루의 입에서 존댓말이 튀어나오고, 성실한 문학 소녀풍의 서점 직원이 호기심을 숨기지도 않는 목소리를 냈다.

요미우리 선배, 본성이 나왔어요…….

나는 빈 짐수레를 밀면서 서둘러 다가갔다.

"저기, 당신, 이 사람 여동생이지?"

내 쪽을 가리키면서 아야세 양에게 물었다.

"아, 네. 그런, 데요. 저기 당신은……?"

"요미우리 시오리. 잘 부탁해."

"아아, 당신이……."

아야세 양이 납득한 표정을 지었다.

"아~! 정말로 우리 후배가 말한 것처럼 미인이네! 귀여워, 정말 귀여워."

"요미우리 선배. 무슨 술집 아저씨 같아요……."

"호오. 자네는 미성년인데 술집에 간 적이 있는가?"

다가온 나에게 요미우리 선배가 딴죽을 건다. 여기에 반응하면 여러모로 지는 거다. 나는 일반적인 이미지라고 대답해뒀다.

"그보다도 아야세 양, 여기엔 웬일이야?"

오늘은 하루 종일 공부를 할 거라 생각했는데. 하지만

가만 생각해 보면 딱히 신기한 것도 아닌 것을 신기하단 기색으로 물었다.

"책을 사러 왔는데—."

"우리 후배는 일단 그거 돌려놓고 와."

선배가 짐수레를 가리키면서 말하자 나도 깨달았다.

생각해 보면 지금은 일하는 중이다. 업무가 우선이지. 나는 어쩔 수 없이 짐수레를 백야드에 돌려두러 갔다.

그리고 전속력으로 매장에 돌아오자, 같은 장소에서 둘이 뭔가 대화하고 있다.

"—그렇구나. 그 정도로 크구나."

"보통 아닌가요?"

"보통이라고 하는 사람일수록, 보통이 아니야—."

무슨 얘기지?

"앗, 우리 후배 빠르네. 2분 플랫이야!"

"하아하아하아. 시, 시간 쟀어요……?"

한가하시구만!

"배꼽시계로."

"그거 보통은 감이라고 하지 않아요? 그리고 짐수레 가져온 거 선배였잖아요?"

"너같이 감이 좋은 후배는 싫어해."

"그런 대사는 어디서 연금술사를 보거든 말해주세요. 하아…… 그래서, 아야세 양이 찾는 책은 뭔지 들었어요?"

"아직."

업~무~!

"저기, 아사무라 군. 나는 참고서 찾으러 왔어. 마침 없으면 곤란한 게 있어서. 그리고 그거. 어제 봤다는 영화. 덤으로, 그거 원작도 살까 해서……."

그렇군. 그거라면 공부를 중단하고서 사러 오는 것도 이해된다.

애니메이션이나 만화의 둔감한 주인공이라면 이걸로 단순하게 납득할 것이다. 그러나 사람은 그저 한 가지 동기로 행동할 만큼 단순한 생물이 아니다. 행동에 동기가 하나밖에 없는 것은 비현실적이다. 아야세 양이 하는 말은 거짓말이 아니겠지만, 이 경우라면……. 그렇지. 가족이 일하는 곳이 신경 쓰였다. 그런 가능성도 겹친 것일지도 모르겠네.

아야세 양은 요미우리 선배가 신경 쓰이는 것 같기도 했고.

"어머. 여동생도 그 영화에 흥미 있어? 그러면 오늘이 마지막이야. 내가 심야 상영 같이 가줄까?"

"아, 그건 조금……."

"아야세 양은 공부를 해야 되거든요. 선배, 악의 길로 끌어들이지 말아 주세요."

"활짝 피어난 악의 꽃이 예쁜 이유는 사람의 피를 빨고 자라기 때문……."

"효율이 떨어지잖아요. 빛이랑 물만 있으면 되는 제대로 된 꽃들이 더 뛰어난 겁니다."

"어이쿠. 엄격한 대응이네. 뭐, 농담은 이 정도로 끝내자."

"농담을 한 건 선배뿐이지만요."

"우리에겐 서점 직원으로서 할 일이 있어."

"먼저 팽개친 건 선배지만요."

"업무 중에 쓸데없는 이야기를 할 틈은 없어. 한시라도 빨리 이 길 잃은 손님을 인도해줘야지!"

"……그건 찬성입니다."

그리고, 우리의 대화를 듣고 주변 손님들이 웃고 있으니까.

한시라도 빨리 나는 이 자리에서 이동하고 싶다.

"그러면, 우리 후배의 여동생 양, 당신이 찾고 있는 책 말인데—."

"사키입니다."

"응?"

"아야세 사키입니다."

"아야세?"

"아사무라 사키라도 상관없지만, 그러면 아사무라 군이랑 구별이 안 되니까, 이름으로 불러주세요."

아야세 양이 『아사무라 사키』라고 직접 이름을 밝힌 것은, 아마도 이때가 처음이라고 생각한다. 내가 낯선 그 호칭에 신선함을 느낀 것은 분명하다. 하지만, 그런가. 원리적으로는 나도 『아야세 유우타』라고 불릴 가능성이 있다. 그렇게 자기소개를 하면, 아야세 양도 이 신선함을 느끼려나?

"흐흠. 그래서 아사무라 군도 『아야세 양』이라고 부른 거구나~. 그러면, 사키 양이라고 부를게. 그래서, 참고서 말인데, 그건 저쪽의 학습서 코너에 있어. 그러니까 소설부터 먼저 찾아버리자."

"네. 그리고…… 아사무라 군."

내 쪽을 보고 아야세 양이 말했다.

"또 뭔가 추천하는 책이 있으면 가르쳐줘. 아사무라 군이 재밌었다고 생각하는 책이면 되니까."

"내가?"

아야세 양이 고개를 끄덕였다.

"책을 잔뜩 읽는 아사무라 군이 추천하는 거라면 틀림없을 것 같아. 영화는 여러 편 보기에는 조금 많이 비싸지만, 책 정도의 가격이면 몇 권 사도 괜찮을 거고, 문장을 읽는 공부에도 쓸 수 있으니까."

"그렇지. 소설이 좋은 점 중 하나는 코스트 퍼포먼스! 사키 양, 잘 아네!"

"요즘은 영화의 구독도 있지만요."

그렇지. 다른 사람은 책을 사는 기준을 가격으로 정하는 법이지.

알바 덕분에 취미에 쓸 비용을 확보하는 나는, 책의 가격은 마지막에 신경 쓴다. 학술 전문서적도 아닌 한, 보통 만 엔을 안 넘으니까.

그렇지만, 그렇게 생각하는 건 내가 상당히 책을 좋아하기 때문이다. 마루도 기가 막힌 기색으로 그랬지. 「너는 정말로 책 말고는 흥미가 없구만」이라고. 분명히 나는 아야세 양처럼 꾸미는 것에 거의 흥미가 없다. 유명 브랜드의 옷은 가격이 비싸다고 생각하는 편이다. 다시 말해서 물건의 가치는 사람마다 다르다.

애니메이션 BD-BOX를 여러 개 사러 다니는 마루가 하는 말이라 조금 그랬지만.

"하지만, 갑자기 추천하라고 하면 어렵네. 아야세 양이 뭘 좋아하는지 정확히 모르니까."

"『푸른 밤의 틈』이 신경 쓰이는 거면, 그거랑 비슷한 성향의 책을 추천해주면 되지 않을까? 그게 잘 맞는지 안 맞는지를 보고, 또 다음 책을 정하면 되지."

"아, 그렇구나……."

요미우리 선배의 조언에 나는 무심코 감탄해 버렸다. 과연 서점 일의 선배이기도 하다.

"그러면, 라이트 문예 중에서 몇 갠가 골라볼게. 너무 비일상적 내용이 강하지 않은 편이 좋겠네……. 아, 그 전에 원작. 아직 있을까?"

"기껏 네가 세팅을 해줬는데, 아무리 그래도 이미 면으로 진열되진 않을 테니까 책장에 꽂혀 있을 거야. 뭐, 한 권이 책등만 보이게 꽂혀 있으면 놓치는 손님도 많으니까, 어쩌면—.”

그때 부점장이 요미우리 선배에게 말을 걸었다. 완벽한 표정을 준비하고 돌아본 요미우리 선배에게, 계산대 인원이 부족하니까 들어와 달라는 무정한 지시가 떨어졌다.

달관과 체념이 뒤섞인 표정을 짓고, 선배는 「네」하고 대답했다.

우리한테 가볍게 눈인사를 하고 계산대로 갔다. 선배, 당신의 가르침은 잊지 않아요. 부디 강하게 살아가 주세요.

“혹시, 계산대 업무는 힘들어?”

“나는 힘들다고 생각해. 간격 조정을 담보할 수 없는 사람들과 순간적인 커뮤니케이션이 차례차례 이어지니까.”

그렇게 말하자, 아야세 양은 표정을 찌푸리며 양팔을 끌어안고 씁었다. 그 정도까지 무서워할 일은 아냐.

라이트 문예의 책장까지 데리고 가서 원작 소설을 찾았다. 책장에 꽂혀 있어서 눈에 안 띄는 걸 걱정해야 하는지, 아니면 지금만큼은 감사해야 하는지 모르겠다. 마지막 한 권은 아직 팔리지 않고 남아 있었다. 다들 발견하지 못했구나.

“그리고, 이것들인데…….”

“아, 이거, 만화로 읽은 적 있어. 소설이 원작이었구나…….”

"미디어믹스가 된 히트작이라면, 아마 흥미가 생길 것 같아서."

재미가 있을지 없을지는 책과 상성이 어떤가에 달렸지만.

"학습서 코너는 저쪽. 정면 기둥에 커다랗게『알바 모집』이라고 적힌 가게의 포스터가 붙어있어. 조명에 반사돼서 잘 안 보일지도 모르지만, 그 기둥 오른편에 있는 책장이야."

"아아, 응. 알았어……아마."

"잘 모르겠으면 가까이 있는 직원한테 물어봐. 여기로 돌아오면 내가 안내할게."

"괜찮아. 그 정도는 안 해줘도 돼. 일하는 중이잖아."

"알았어. 그러면, 나는 일하러 돌아갈게."

"일하러 돌아간다, 라. 응. 그 앞치마, 잘 어울려."

"그건…… 고마워."

갑자기 칭찬을 받자 기쁨보다도 당황이 앞선다. 이대로 학습서 코너까지 안내해주고 싶었지만, 이미 아야세 양을 상대하면서 시간을 꽤 써버렸다. 이 이상은 아무래도 안 좋아.

영화의 원작 소설과, 내가 추천한 문고 두 권을 가지고 아야세 양은 학습서 코너로 갔다. 표식인 포스터를 확인하고서 아야세 양은 오른편 책장 쪽으로 사라졌다. 그걸 눈으로 배웅하고 나는 책장 정리를 재개했다.

잠시 일에 몰두하고 있는데 등 뒤에서 아야세 양이 말을 걸었다.

돌아보자, 학습 참고서로 보이는 두꺼운 책 한 권이 늘어난 아야세 양이 서 있었다.

"이거 사고 돌아갈게. 일하고 있는데 고마워."

"이 정도야 뭐 별거 아니니까."

계산대로 가는 아야세 양을 배웅하고 나머지 정리를 하려는데, 이번에는 옆에서 누가 말을 걸었다.

"저기, 점원 총각. 계산대가 어느 쪽이지?"

소리가 난 쪽으로 돌아보자, 연배가 있는 할머니가 두꺼운 잡지를 들고 있었다. 들고 있는 잡지의 무게 때문에 팔이 떨리는 것 같았다.

할머니는 캐스터가 달린 캐리백을 끌고 있었지만, 구매 전의 상품을 거기에 올려둘 수는 없다고 생각한 모양인지 한 팔로 끌어안아 들고 있었다. 괜찮을까?

"계산대는 이 줄을 똑바로 나아가서 왼쪽으로 꺾은 곳에 있어요. 저기…… 계산대까지 들어드릴까요?"

"그건 미안한데…… 부탁해도 될까?"

"네. 괜찮아요."

받은 잡지는 그 소품 상자가 부록으로 딸린 여성 잡지였다. 그야 무겁겠지.

계산대까지 잡지를 들고 할머니를 안내했다. 마침 비어 있어서, 순조롭게 계산을 마칠 수 있었다.

"고마워, 총각. 덕분에 살았어."

"아뇨. 구매해 주셔서 감사합니다!"

할머니는 잡지를 캐리백에 넣더니, 나한테 작게 눈인사를 하고 돌아갔다.

"조금만 기다려주세요~."

익숙한 목소리에 문득 옆 계산대를 보니, 목소리 주인은 요미우리 선배였다.

그리고 우연히도 대응하고 있는 손님은 아야세 양이었다.

벌써 계산을 마친 다음인지, 요미우리 선배가 거스름돈을 트레이에 놓고 아야세 양 앞으로 내밀었다. 그리고 문고본에 커버를 씌우기 시작했다. 막힘 없는 손놀림으로 가게가 준비해둔 오리지널 종이 커버를 씌운다.

"빠르네요."

아야세 양이 감탄하여 말했다. 둘 다 나를 못 본 모양이다.

"응. 뭐, 익숙하니까. 유우타도 꽤 빨라."

"유우타……. 아아, 아사무라 군."

"그래. 내 후배라고 해도 누군지 알 수가 없잖아? 자. 세 권 끝. 그리고오, 손님. 이 참고서도 커버를 씌울까요?"

선배, 존댓말하고 평소 말투가 섞여 있어요.

"아, 그건 됐어요."

"네, 알겠습니다. 뭐, 나보다 늦게 알바 시작한 게 아직 유우타뿐이라서, 후배라고 하면 그밖에 없지만 말이야. 그러면, 구매하신 상품 여기 있습니다."

구매한 책 네 권 모두를 한꺼번에 들 수 있는 비닐봉지에 넣고서, 그것을 아야세 양에게 내밀었다.

"고맙습니다."

"이쪽이야말로, 구매해 주셔서 감사합니다! 일하고 있는 유우타를 보고 싶으면, 꼭 다시 찾아와 주세요!"

"그런 건 아닌데요……."

"사키 양한테는, 특별히 스마일 무료로 해줄게!"

선배, 다른 손님한테는 돈을 받을 생각이었어요?

아야세 양은 선배의 농담에 대답하지 않고, 그대로 가게를 나섰다. 계산대에는 금방 다음 손님이 찾아왔으니까, 나는 그대로 진열 책장에 돌아갔다.

알바를 마칠 시간이 되자 요미우리 선배가 일부러 날 찾아왔다.

"여동생, 귀엽던데."

"아직도 그거예요?"

"이 나이가 되면 말이야. 젊은 애들의 엑기스를 섭취하지 않으면, 그대로 메말라버린단 말이야~."

이 사람은 무슨 흡혈귀 같은 건가?

"선배랑 나이 차이도 얼마 안 나잖아요."

"고등학생이랑 대학생은 달라. 커~다란 차이가 있거든. 우리 후배는 아무것도 모르네."

"저는 영원히 모를 것 같아요."

"정말로 귀여웠단 말이야. 그 풋풋한 반응. 우리 후배의 화제가 나올 때마다, 사키 양 표정이 살짝 바뀌는 게 정말로…… 있잖아, 이건 진짜일지도 몰라."

"진짜……?"

"그럼."

한순간 그녀가 무슨 말을 하는 건지 진지하게 이해하지 못했다. 그러나 선배의 장난기 넘치는 눈을 보면서 어쩐지 이해했다.

다시 말해서, 아야세 양의 반응이 연애적인 거라고 말하는 거다.

"아니, 그건 아무리 그래도……."

"그래? 정말로?"

"아야세 양은 여동생이니까요."

그런 눈으로 보면 안 된다. 아야세 양도 그런 생각은 없을 거다. 아마도.

알바를 마치고, 그 날은 순순히 집으로 돌아갔다.

부모님은 둘 다 아직 깨어 있었고, 저녁을 함께 먹었다. 밤 10시 가까운 시간이니까 꽤 늦은 저녁 식사가 됐지만, 둘 다 가벼운 음식을 먹으며 나를 기다려준 모양이다. 아키코 씨가 오랜만에 실력을 발휘해서 닭튀김을 준비해 주었다. 아버지가 또 맛있다는 말을 연발하면서 먹었다. 이 나이에 1개월 이상 이어지는 신혼 생활이라는 건 굉장하지 않을까?

아야세 양은 식탁에 없었다. 먼저 식사를 했는지, 방에 틀어박혀 계속 공부를 하는 모양이다.

잠들 때까지, 나는 한 번도 집 안에서 아야세 양을 만나지 못했다.

●7월 20일 (월요일)

한 주가 시작되는 월요일 아침.

교실 내부는 발을 들인 순간에 알 수 있을 정도로 활력을 잃어서, 색이 빠진 흑백영화로 착각할 것 같았다. 동급생들의 대화가 드문드문 들리지만, 평소와 비교하면 목소리가 너무나 작고, 게으른 분위기가 흐르고 있었다.

이유는 알고 있었다.

이번 주 중반부터 여름방학이니까. **다음주부터 여름방학. 지난주하고는 격이 다르다.**

기말고사도 끝나고, 여름방학이 코앞까지 다가온 이 타이밍에서 진도도 안 나가는 수업에 의욕을 보이라는 것이 무리일 것이다.

시간의 흐름마저 느릿하게 나아가는 것 같은 교실을 흥미롭게 바라보고 있는데, 피로에 늘어진 기색의 남학생 한 명이 교실에 들어왔다.

"안녕? 마루. 매일 아침 연습 힘들겠네."

"그래, 아사무라……."

목소리도 표정도 완전히 지쳐있다.

우리 학교의 운동부는 전국 수준으로 돌출된 부활동은 적지만, 중견 정도의 성과를 내는 정력적인 부활동이 그럭저력 많다.

내 절친인 마루 토모카즈가 소속된 야구부도 그 포지션에 위치해 있으며, 매일 두 번 있는 아침과 방과 후의 연습은 참으로 가혹하다고 들었다.

그러나 그런 환경 속에서도 이 친구는 타고난 요령을 살려서 능구렁이처럼 활동하고 있을 텐데, 어째서 오늘은 이렇게 피폐해진 것일까?

“늘어졌구나. 말라 비틀어졌는데, 무슨 일이야?”

“지역 예선 2회전에서 패퇴했거든.”

“그래서 풀이 죽은 거야?”

“그게 아냐. 여름방학의 연습이 격렬해질 것 같단 말이다.”

“어, 반대 아냐? 평범하게 생각하면 대회가 계속되면 연습이 격렬해질 것 같은데.”

“벼락치기 연습을 해서 단기간에 늘어나는 실력은 한계가 있어. 쉬면서 컨디션을 조절하는 게 더 좋지. 감독은 무리한 연습의 영향으로 고장이 나는 리스크도 피하고 싶으니까, 대회가 계속되면 연습량이 적당히 줄어든다.”

“그렇군. 합리적이네.”

“그래. ……음.”

힘없이 자리에 앉은 마루가, 교실 안을 빙 둘러보고 눈썹을 찌푸렸다.

“좋겠구만, 여름방학을 구가할 수 있는 녀석들은.”

"마루가, 그런 거 부러워하는 타입이었나?"

"그야 부럽지. 자유 시간은 무엇보다 큰 재산이야. 물론 야구에 시간을 쓰겠다고 정한 건 나 자신이고, 쓰는 것에 불만은 없지만 말이다."

"그러면 뭐가 부러운데?"

"영화관에 갈 시간이 없을 것 같다. 여름에는 장기 휴가를 맞은 가족이나 커플을 노리고 빅 타이틀이 몰려서 상영되잖아. 연습으로 구속되면 그걸 못 챙겨."

깊은 한숨을 쉬는 마루의, 너무나도 그다운 모습이 웃겨서 내심 몰래 웃었다. 연습량이 좀 준다고 해서 대회가 진행되는 기간에 영화 삼매경에 빠지는 것도 어떤 걸까 싶지만, 대세를 따르라는 상식과 조금 벗어난 장소에 있는 것이 이 마루 토모카즈라는 친구였다.

"신경 쓰이는 영화도 많단 말이지."

"『푸른 밤의 틈』 같은 거?"

"응? 그건 흔해빠진 눈물 빼는 장르잖아. 울고 싶은 여자들이나 시시덕거릴 구실이 필요한 커플에게는 딱 좋을지도 모르지만, 나 같은 깐깐한 영화 매니아한테는 좀 싱거워."

"보지도 않고 비판하는 건 영화 매니아로서 실격 아냐? 꽤 재밌던데."

"뭐야? 아사무라, 벌써 봤냐?"

아차. 이건 실언이었을지도 모른다.

어떻게, 누구와, 어떤 상황에서. 그런 부분에 흥미를 가지면 안 좋다고 생각하여, 나는 신중하게 말을 골랐다.

"알바하는 서점에서 원작 소설이 잘 팔리더라고. 알바 끝난 다음에 혼자 보러 갔었지."

"아사무라. ……다시 말해서, 데이트였군?"

"어, 아니, 무슨 말을 하는 건지 잘 모르겠는데."

"왜 지금 물어보지도 않았는데, 혼자, 라고 했어? 네가 기본적으로 혼자 행동하는 타입이라는 건 말하지 않아도 안다."

"탐정 놀이야? 생각이 지나쳐."

냉정하게 대답했지만, 셔츠 안쪽에서 묘하게 땀이 나왔다.

안경 안쪽의 맹금류 같은 날카로운 눈으로 마루는 이쪽을 빤히 관찰했다.

내 마음을 훤히 들여다보는 감각은 불편하다. 요미우리 선배와 영화를 보러 간 것을 솔직하게 말해버리는 편이 차라리 편할지도 모른다고 생각했다.

혹시 형사에게 심문을 받는 범죄자도 같은 기분일까? 입증할 기회는 없고, 있어서도 안 되겠지만.

"나라사카도 그렇고, 아야세도 그렇고, 아사무라…… 너 요즘 꽤 잘 나가는데."

"오해라니까? 아무 일도 없어."

“정말로? 나라사카랑 네가 이야기하고 있었다는 목격 증언, 꽤 많이 들리거든? 요전에는 도서실 앞이었지?”

“엇, 뭐야. 나 감시당하고 있냐? 아무리 그래도 너무 잘 알고 있어서 무서운데.”

“사람들의 이목이라는 건 어디든지 있는 법이야. 악행은 반드시 드러난다.”

밤말은 쥐가 듣고, 낮말은 새가 듣는다. 사람의 입은 막을 수가 없다. 이런 속담의 높은 신빙성을 온몸으로 실감했다.

“나라사카 양과 대화를 한 게 악행이라니, 심하지 않냐?”

“그 녀석한테 반한 남자들에게는 대죄거든. ……설마, 영화도 나라사카랑 간 건 아니겠지?”

“안 갔다고. ……아무하고도.”

나라사카 양하고는, 이라고 하려던 말을 황급히 궤도 수정하여 덧붙였다.

칫, 하고 마루가 혀를 차는 게 들렸다.

참으로 교묘한 유도신문이군. 내 친구지만 두렵다, 마루.

“뭐, 그거다. 연애 같은 거에 눈을 뜨거든, 사양하지 말고 말해. 인간관계의 제1인자인 내가, 너의 연애를 확실하게 서포트해주지.”

건강한 하얀 치아를 드러내면서, 엄지를 척 세우고 썸즈업. 실제로 마루라는 인간은 적으로 돌리면 두려운 성능이지만, 아군이 된다면 그저 듬직할 따름이다.

"정말로 그때가 되면 부탁할게."

"그래."

짧게 말하고, 마루는 그 이상의 추궁은 하지 않았다.

천성의 관찰력으로 나와 함께 영화관에 간 누군가가 있다는 걸 꿰뚫어 보면서도, 자신의 호기심보다 밝히기 싫은 내 마음을 우선해서 물러나 준다. 물러날 때를 잘 알고 있다는 점은, 이 절친의 어른스러운 부분이라고 나는 생각했다.

정말로, 좋은 친구를 가졌다.

……새삼 본인에게 말하면 기분 나쁠 테니까, 절대로 말 안 하지만.

방과 후가 되었다.

재빨리 야구부 연습을 하러 간 마루를 배웅한 다음이었다. 교실 안에서, 한 사람 또 한 사람씩 학생이 줄어드는 모습을 멍하니 바라보며, 나는 내 의자에 앉아 하릴없이 스마트폰으로 SNS나 뉴스 기사를 회유하고 있었다.

십여 분쯤 지나자, 쓸데없는 잡담하는 2인조 학생 정도만 남아 있고 다른 사람은 모두 사라졌다.

반쯤 열린 창에서 흘러들어오는 미지근한 여름 바람과 어쩐지 멀게 느껴지는 매미 소리가, 있지도 않은 노스탤지어를 자극한다. 이런 도회지 한가운데에서도 조건만 갖춰

지면 향수를 느낀다니, 혹시 일본인은 여름다운 풍경을 접하면 자동으로 향수를 상기하는 유전자라도 있는 건가?

이렇게 무의미한 가설을 머릿속에서 만지작거리다가 한숨을 쉬고 일어섰다. 이제 가야지.

결코 무의미하게 시간을 보내고 있었던 게 아니다.

아야세 양과 남매 관계가 된 뒤부터, 가능한 조금씩 시간을 틀어서 하교하고 있었다.

같은 집으로 돌아가는 이상, 돌아가는 길도 같아진다. 그러면 생각지 못하게 합류하여 어색한 상황이 될 수도 있다. 그 전개를 피하고 싶었다.

……이런 내 제멋대로인 계산이, 아무래도 오늘은 정반대 결과를 내버린 모양이다.

"앗, 아사무라다~아!"

"응?"

신발을 신고 승강구를 나서는 참에 등 뒤에서 누가 말을 걸었다. 돌아보자, 밝은색 머리칼의 여학생이 털털하게 내 어깨를 두드렸다.

"잘 지내? 돌아가는 시간이 겹치다니 우연이네!"

"나라사카 양."

여학생은 나라사카 마아야였다. 그녀의 어깨너머에 또 한 명의 여학생— 아야세 양의 모습이 보였다.

어라? 방과 후인데 둘이 같이 있네. 내가 그런 의문을 느낀 것과 거의 동시에, 나라사카 양이 입을 열었다.

"같이 돌아가자!"

"어. ……그게, 어째서?"

"어? 어째서긴, 그거야…… 기왕 만났으니까?"

"뭐가 기왕인지 전혀 모르겠어요. 같은 방향인가요?"

"같아같아. 왜냐면 행선지가 사키네 집이니까."

"어?"

설명을 요구하듯 아야세 양을 봤더니, 그녀는 미안하다고 사과하며 양손을 마주쳤다.

"집에서 공부 봐주기로 했거든."

"아아, 그렇구나. 하지만, 같이 돌아가는 건…… 나라사카 양이 싫지 않아?"

"전혀. 싫어할 이유 없잖아."

태연하게 잘라 말하는 나라사카 양. 과연 친구 100명을 진짜로 가진 인싸 중의 인싸라고 해야 할까? 이성과 교류하는 것에 대한 심리적 거부감이 그렇게 높지 않은가 보다.

분명히 지금까지 내 인생에서는 거의 인연이 없었지만, 남녀가 뒤섞인 조합으로 행동하는 학생도 드물지 않았다.

엉뚱한 오해를 부르지 않고자 필요 이상으로 감추는 나와 아야세 양은, 걱정이 지나친 걸지도 모른다.

"어차피 같은 집으로 돌아가니까, 일부러 갈라져서 돌아갈 필요도 없잖아. 그치, 사키?"

"뭐, 그렇긴 한데……."

아야세 양이 이쪽을 힐끔 보았다.

……응. 이번엔 어쩔 수 없지 않을까?

내가 체념의 경지에 이르러 고개를 끄덕이자, 아야세 양이 항복한 것처럼 가볍게 한숨을 쉬었다.

"마아야한테 부탁하지 말 걸 그랬어어."

그렇게 투덜거렸다.

그러고 나서 우리는 셋이 나란히 승강구를 나섰다. 여자 둘의 바로 옆을 걷자니 영 불편하고 목이 마른다. 누가 이상한 눈으로 보지 않을까 하는 불안을 씻어내기 어렵다.

그러나 결론부터 말하면, 나라사카 양이 옳았다.

교문을 나서는 동안 다른 학생들과 스쳐 지나는 일도 있었지만, 다들 돌아보지도 않고 빤히 쳐다보지도 않았다. 남자 하나에 여자 둘의 조합도, 극히 자연스러운 광경의 하나로 인식하는 모양이다.

마루에게 내가 나라사카 양이랑 얘기했다는 목격 정보를 흘린 사람은 있는 모양이지만, 단둘이 있는 것보다 셋 이상이 있으면 오히려 특별한 문맥이 느껴지지 않는 걸지도 모른다.

학교를 나서자, 시부야에서 다이칸야마에 걸친 동네 특유의 오르막이 많은 길이 기다리고 있었다. 방과 후에도 아직 해가 높은 여름은 이글거리며 아스팔트를 태운다. 교복 안에 땀이 차는 것을 자각하며 현기증이 날 것 같았다.

옆을 걷는 아야세 양도 손수건으로 목을 닦고 있었다. 쿨한 표정을 전혀 무너뜨리지 않는 그녀라도 더위를 느끼는구나. 당연한 것인데 마치 세기의 발견에 이른 학자 같은 감각이었다.

포퐁. 묘하게 팝한 전자음이 들렸다.

돌아보자, 어느샌가 몇 걸음 떨어진 나라사카 양이 싱글싱글 웃으며 스마트폰을 들고 있었다.

"아, 신경 쓰지 마. 돌아보지 말고 자연스럽게!"

"그거, 사진 찍는 거 아냐? 친구라고 해도 도촬은 안 되지."

"아니야. 사진이 아니라 동영상. 전혀 도촬 아닌걸."

"멈춰 있든 움직이든 도촬은 도촬. 그거 이리 줘. 당장 지울 거야."

"아앙! 에잇, 뺏지 마아! 내 스마트폰!"

아야세 양이 가차 없이 친구의 스마트폰을 빼앗았다.

눈앞에서 확인하며 확실하게 삭제.

"사키는 정말로 사진 찍게 해주질 않는단 말이지. 그렇게 급하게 지우지 않아도, 어차피 지울 셈이었는데."

"싫어. 사진도 잘 안 받고. 지울지 말지를 미뤘다가, 만에 하나 안 지웠으면 마아야한테 화를 내야 하잖아. 그런 거 피곤하고, 의심하기도 싫어. 이런 건 내가 직접 처리하고 후련해지는 게 좋아."

"큰일 났어, 아사무라. 사키가 정론으로 괴롭혀!"

왜 나한테 매달리는 걸까.

나한테 말하는 건 좋은데, 하다못해 조금 끼어들기 쉬운 화제일 때 말을 걸면 좋겠다.

일단 내 대답은 뻔했다.

"아야세 양한테 한 표."

"오빠야가 배신했어! 남매라고 그런 것까지 안 닮아도 되잖아!"

"같은 편이 된 기억이 없어요. 그리고 오빠야라고 부르는 건 관두지 않을래요?"

애당초 그녀의 말은 피가 이어진 남매에게 쓰는 표현이 아닐까?

혈연 관계도 아닌데 닮았다 안 닮았다를 따질 수 있나 싶지만, 공동생활을 하면서 가치관이나 습관이 가까워지는 것은 최근에 실감하는 참이기도 했다. 어쩌면 그런 일이 있을지도 모른다.

"애당초, 뜬금없잖아. 왜 갑자기 사진을 찍었어?"

"그거야~, 둘이서 나란히 걸으면 그림이 된다 싶어서. 커플 YouTube 같은 거 안 해볼래? 금발 갸루랑 음침 속성 남자가 남매가 됐다, 같은 거! 분명히 잘 될 거야."

"할 리가 없잖아, 그런 거. 그런 거 보고 즐기는 사람, 있을 리 없어."

아야세 양이 기가 막힌 기색으로 말했다. 나도 수긍했다.

"동감. ……그리고 나라사카 양. 사실일지도 모르지만, 정면에서 음침하다고 부르는 건 아무래도 상처받는데."

"앗, 오해하지 마. 디스하는 의미로 한 말이 아니니까. 인스타 같은 거 보면 꽤 있거든? 아싸 태그 같은 거 붙여서, 조금 어두운 분위기의 미형 남자가 올리는 거. 여자들한테 꽤 잘 먹혀."

"아니, 아무리 그래도 미형이라고까지 하면 반대로 아부 같아서 낯간지러워."

"앗, 오해하지 마. 소재 그대로 미형이란 게 아니라, 메이크업을 하면 미형으로 보일지도 모르는 소질은 있다는 의미야."

어느 쪽이든 수수하게 마음이 불편하다. 나라사카 양 자신은 딱히 나쁜 뜻이 없을지도 모르지만, 딴죽을 걸자니 고민스럽다.

"그리고, 있을 리 없지 않아. YouTube에서 커플 영상을 보고 싶은 수요가 꽤 있어. 생각하는 것보다 완전히 넘치고 있다니까. 지금부터 유행시키는 건 어렵지만, 남매 방송은 레어니까 할 수 있어! 광고 수익으로 타워맨션 생활을 노려보자!"

"광고 수익……. 그거, 돈벌이가 돼?"

나라사카 양의 열변에 포함된 그 단어에, 아야세 양이

반응해 버렸다.

"물론! 인기가 생기면 푸쾅, 이야."

"푸쾅……."

"기다려. 나라사카 양, 아야세 양. 진정해."

나는 신이 난 두 여자를 냉정하게 막았다. 찬물을 끼얹어서 담소를 막는 자식이라고 매도를 들을 만한 소행이지만, 이대로 드림을 향해 내달리는 것을 묵묵히 보고 있는 건 아무래도 죄책감이 들었다.

"요즘은 동영상 업로더가 점점 늘어서, 연예인이나 기업도 참가하고 있어. 그렇게 간단히 살아남을 정도로 만만한 세계가 아니야. ……그 세계를 잘 아는 사람이 올린 영상에서 그랬어."

아야세 양에게 고액 알바를 찾아달라고 부탁을 받아서, 일단 동영상 서비스의 광고 수익에 대해서도 조사를 해봤다.

한때는 억대 수입을 버는 사람을 여러 명 배출하고, 초등학생이 되고 싶은 직업 랭킹 상위에 군림하고 있던 일이다. 그러나 수많은 스타가 반짝이는 한편에서, 가혹한 경쟁과 매일 숫자에 쫓기는 중압을 견디지 못하고 마음에 병이 들어서 좌절해 버리는 사람도 많다고 한다.

커플 영상이라면, 그 특성상 어쩔 도리가 없이 피할 수 없는 문제도 있었다.

"설령 성공한다고 해도, 지속하는 건 훨씬 어려워. 요즘에 자주 들리잖아. 파국을 맞고서 기껏 키운 채널이 그대로 끝장나는 패턴.”

“으음. 물론 그건 그렇지만 말이야. 하지만, 그렇기에, 라는 거야.”

“음?”

“연인이랑 달리, 남매는 파국이 없어! 꽁냥대는 걸 관찰하는 채널로서, 이것 이상으로 축복받은 관계가 있을까? 아니, 없어!”

“그렇게 말하니까 일리가 있는 것 같기도 하고…….”

“없어. 아사무라 군. 그런 거에 영향을 받지 마.”

“미안.”

기가 막혀서 찌릿 노려보는 아야세 양에게, 나는 즉시 사과했다.

초 단위로 움직여라. 성공한 사람들이 도전에 대해서 신속한 행동을 권장하는데, 사실은 오히려 실패했을 때를 의식한 말이라고 생각한다. 조금이라도 불쾌할 것 같은 분위기를 느끼면, 괜한 생각은 하지 말고 일단 사과한다.

초 단위로 사과해라. 이걸 좌우명으로 삼고 싶다.

불평불만을 쌓아두지 않는다. 나와 아야세 양이라서 가능한 커뮤니케이션일지도 모르지만.

아야세 양이 머리칼을 손가락에 감으면서, 한숨을 쉬고 말했다.

"하아. 안 해. 잘 될 리도 없으니까."

"에~. 잘 될 것 같은데에. 사키도 아사무라도 머리 좋으니까."

"우리보다 종합 점수가 높은 마아야가 말하면, 그다지 칭찬받은 것 같지가 않은데."

"아니아니, 시험 점수 같은 게 아니고 말이야. 뭐라고 해야 할까~. 그거다, 제갈량! 그런 느낌으로 머리가 좋다고 해야 할까?"

"그렇다고 해도, 무리. 진심으로 이길 생각이라면, 얼마나 시간을 빼앗길지 알 수가 없어. 공부 시간이 줄어들어."

"체엣. 분명히 인기를 모을 거라고 생각하는데에. 그리고 내가 보고 싶어! 꽁냥냥냥!"

"사심이잖아. ……그런 게 아니라니까."

"어느 쪽이든 무리야. 만약 인기가 생기면 그건 그거대로 문제가 있어."

학교의 학생 중에 나랑 아야세 양의 관계를 알고 있는 건 나라사카 양뿐이다. 인기 채널로 성장해 버리면, 그건 그거대로 관계가 수많은 사람에게 폭로된다. 덤으로, 남매인데 커플에 가까운 내용의 동영상을 올리면, 아버지랑 아키코 씨에게 어떻게 설명하란 말이야.

물론 아야세 양은 빼어난 미소녀고, 이지적이고, 배려도 깊고, 적당한 거리를 유지하고 있다. 동거를 하기에는 참

편한 상대다. 이런 연인 관계가 있다면, 어쩌면 그게 행복한 관계일지도 모른다.

그러나, 의붓 여동생이다. 그것도 픽션의 세계가 아닌 현실의, 그저 리얼한 의붓 여동생이다.

선택지조차도 떠올려선 안 된다고 생각했다.

"그렇구나아. 아쉽네. 뭐, YouTube가 아니라도 괜찮으니까, 적당히 뭔가 해보면 좋을 것 같아. 존재감을 잘 드러내면 보수가 높은 일을 할 수 있다고 하잖아! 일단, 아사무라는 인스타 하자, 인스타."

"어째서? 나는 세련된 사진을 찍는 센스 같은 거 없는걸."

"아싸 태그로 잘 나가는 식의 사진을 마구 업로드하면 되잖아! 분명 어울릴 거야~."

"안 한다니까요."

입으로는 그렇게 말하면서도, 나는 나라사카 양에게 등을 돌리고 어째서인가 인스타 앱을 다운로드했다.

아야세 양과 나라사카 양이 대화하면서 걷고 있는 뒤를 따라가면서, 시험 삼아 계정을 만들어봤다. 처음 튜토리얼 화면의 안내에 따라서 프로필을 설정했다.

만약 정말로 효율 좋게 인기를 얻어서 돈벌이를 할 수 있을 것 같으면 아야세 양에게 가르쳐줄 생각이었다.

……그러나 집으로 돌아가는 동안 가볍게 서비스를 둘러봤는데, 어떤 유저가 인기를 얻는지조차 이해가 어려웠다.

기껏 만든 계정이지만, 아마 이대로 방치하게 되겠군.

집에 도착했다.

내 방에 들어가 문을 닫자, 긴장되어 있던 근육이 풀어지며 손가락 끝에서 뭔가 빠져나가는 느낌이었다.

나라사카 양까지 끼어들어 세 명이서 귀가하는 것은, 평소의 귀가 루틴과 너무나도 달랐다. 긴장하지 말라는 게 무리였다.

만에 하나라도 나라사카 양이 잘못 들어오지 않도록 내 방의 문을 잠그고, 에어컨의 전원을 켜면서 넥타이를 풀고 교복을 벗었다. 땀을 머금은 피부가 냉풍에 닿아 기분 좋지만, 섣불리 그 감상을 입에 담지 않도록 간신히 자신을 제어했다.

지금은 집에 나라사카 양도 있다.

아야세 양만 있어도 일상의 소리에 신경을 쓰는데, 완전한 타인인 나라사카 양까지 있으면 더욱 그렇다.

문득 그렇게 생각하고 있는 자기 자신을 깨달았다.

극히 자연스럽게 떠오른, 완전한 타인이라는 개념. 그것은 다시 말해서, 그렇지 않은 종류의 타인이 있다는 것을 전제로 하고 있었다.

아야세 양이라는 타인과, 그렇지 않은 타인. 그런 식으로 자신 안에서 정의를 갈라버릴 정도로는, 그녀하고 가족이란 관계에 다가가고 싶은 걸까?

사복으로 갈아입고 방을 나섰다. 다이닝 키친에 마실 것을 가지러 가자, 거실에서 아야세 양이 교과서를 펼치고 나라사카 양에게 배우고 있는 것이 보였다. 친구에게 맞춘 것인지, 아야세 양도 아직 교복 차림이었다.

두 사람 다 진지한 표정이다. 돌아오는 길에서는 장난을 치는 모습이었던 나라사카 양도, 진심으로 가르치고 있다.

방해되지 않도록 세심한 주의를 기울여 냉장고를 열고, 얼음이 든 컵에 보리차를 따랐다. 되도록 소리를 안 내고, 천천히 내 방으로 돌아왔다.

책상에 컵을 놓고 양반다리로 앉아서, 스마트폰으로 만화 앱을 기동했다. 지난 2주일간, 시험도 있어서 그다지 읽을 시간이 없어 쌓여 있던 만화 시리즈를 소화했다.

오늘은 알바를 쉰다. 오랜만에 유유자적하게 내 시간을 보낼 수 있다.

1시간도 안 지나서, 읽고 싶었던 시리즈를 대강 다 읽었다.

상당히 예전에 마루가 추천해준 작품이라도 발굴해볼까 싶어 검색 버튼을 탭하려고 하다가, 손이 우뚝 멈추었다.

스마트폰의 왼쪽 위. 시각 표시가 눈에 들어왔다.

17시.

이제 슬슬 저녁 식사 준비를 시작해야 할 시간대라고 생각하여, 스마트폰을 들고 일어섰다.

평소에는 아야세 양이 해주지만, 내일은 중요한 현대문학의 재시험이다. 1분이라도 오래 공부를 해야 할 거야.

거실로 가자, 아야세 양이 고개를 들었다.

“아, 미안. 벌써 이런 시간이 됐네. 오늘은 그렇게 수고가 안 드는 거라도 괜찮을까?”

“됐어. 그냥 있어. 내가 할 테니까 공부해.”

“어. 그래……?”

안심시키려고 미소를 의식하며 말하고 다이닝 키친으로 들어가자, 펜을 두고서 일어서려고 했던 아야세 양이 멍하니 다시 앉았다.

“알바도 쉬는 날이고, 타이밍도 그렇잖아. 지금은 공부에 집중해.”

“……고마워. 그럼 좋지.”

당황함이 섞인 작은 목소리로, 그러나 분명하게 고맙다고 그녀는 말했다.

그 대화를 보고 있던 나라사카 양이, 턱 아래에 손을 대는 탐정 같은 동작을 하며 고양이처럼 눈을 가늘게 떴다.

“오~호. 좋네. 좋은 남편감의 분위기가 풀풀 풍기는 걸, 아사무라 구운~.”

“그 캐릭터는 뭔데요?”

“예술 평론가!”

“의미를 모르겠어요.”

정보량 제로의 대화를 하면서 스마트폰을 조작하여, 레시피 사이트를 확인했다.

나는 혼자일 때는 대충 레토르트 카레 등으로 때우는 편이다. 우선 가볍게 선반 속을 확인해봤다. 보관된 것은 동거를 시작하기 전에 사둔 것들이다. 매운맛, 이란 문자가 패키지에 붉게 강조되어 있었다.

아야세 양 모녀와 동거를 시작한 뒤부터 두 사람이 만든 요리가 늘어나고, 레토르트나 냉동식품 같은 것의 소비 페이스가 떨어졌다. 이 카레도, 나와 아버지 둘이서만 살고 있을 무렵의 흔적이다.

다시 말해서, 매운맛의 취향 따위 전혀 고려하지 않았다.

지난 1개월 아야세 양과 아키코 씨가 만들어준 요리의 경향을 생각해 봤다. 강렬하게 스파이스를 넣은 게 아니라, 오히려 본래 매워야 할 메뉴도 비교적 순하게 조정되어 있는 일이 많았다. 아마도, 매운맛은 안 된다.

물론 여기서 혼자 고찰하고 있을 틈이 있으면 본인에게 물어보면 된다. 그러나 나라사카 양이 있는 앞에서, 너무 그렇게 대놓고 물어보는 건 망설여졌다.

애들 입맛이라는 말이 야유로 쓰일 정도다. 매운맛에 대한 내구력을 포함하여 맛의 취향 내용을 언급하는 것은, 사람에 따라서 프라이드에 큰 상처가 날 가능성이 있다.

역시 카레는 안 되겠어. 역전의 주부들이 모아놓은 지식에 의지하자.

스마트폰 하나로 무수한 레시피에 접근할 수 있으니, 편리한 세상에 태어나서 정말 다행이라고 생각했다.

"좋아. 해보자."

혼잣말로 기합을 넣고, 나는 요리를 시작했다.

결론부터 말하자면, 실패했다.

아니, 표현이 틀렸다. 성공인가 실패인가의 무대에도 오르지 못했다. 자취 경험이 거의 없는 내 능력을 너무 얕보고 있었다.

레시피에 당연하게 등장하는 단어 하나하나, 모든 것이 난해했다.

박력분이란 게 뭐지? 집에 있는 밀가루하고는 다른가? 밑간을 해? 그건 대체 무슨 공정이야? 속까지 익으면 접시에 담아? 속까지 익었다고 판단하는 기준이 너무 불분명하다. 5분에서 10분 정도 데쳐? 그 시간의 차이는 뭐냐고. 어떻게 판단하는 거야?

안 되겠어. 요리의 기초지식이 너무 없어서, 레시피조차 해독하지 못한다. 아야세 양이 도전하는 현대문학의 시험보다도 몇 배는 어려운 것 같았다.

……일단 먼저 밥을 지어 놓자. 아무리 그래도 쌀을 씻고, 밥솥을 설정하는 것 정도는 가능하다. 최악의 경우 밥을 지어 놓으면, 김 조림 같은 걸 뿌리기만 해도 어떻게든

먹을 수는 있다.

어려운 건 일단 미뤄두고, 할 수 있는 것부터. 그렇게 생각하여 나는 마음을 비우고 쌀을 씻었다. 현실도피라는 건 잘 알고 있다. 아아, 물 때문에 손이 차가워.

그렇게 쌀을 씻어놓고 밥솥의 취사 시간을 설정하고 있는데, 누군가 주방에 들어왔다.

"아~사무~라."

"나라사카 양, 마실 거라면 냉장고에서 마음대로 꺼내도 돼."

"아니야~. 그게 아니라, 아사무라가 뭐 하는지 보러 왔어. 어쩐지 고전하는 것 같은데?"

"어디에 카메라를 설치했어?"

무심코 주방 안을 둘러보았다.

"도촬 같은 거 안 해! 갑자기 밥을 짓기 시작하는 것 같길래, 어쩐지 요리 순서 같은 거 익숙하지 않은 것 같아서."

"보통은 처음에 안 짓는…… 거야……?"

"가정에 따라 다르지만. 밥은 1시간이면 다 되니까, 우리 집은 준비가 필요한 반찬을 먼저 준비해."

"그렇구나……. 아니 정말로, 부끄럽기는 한데."

레시피 사이트를 보면 어떻게든 될 거라고 얕게 생각했다는 것. 막상 봤더니 용어부터 일단 이해하지 못해서, 뜻밖에 조사하는데 시간이 걸릴 것 같다는 것. 그래서 일단은 이해하고 있는 공정부터 시작하려고 했다는 것. 그것을 솔직하게 설명했다.

그렇구나~ 하고 나라사카 양이 고개를 끄덕이며 말하더니, 털레털레 거실 쪽으로 돌아갔다.

"사키. 이제부터는 반복 학습을 하면 될 것 같지?"

"응, 덕분에."

"그러면, 여기서부터는 혼자서 파이팅! 난 아사무라의 요리 좀 도와줄게."

"어? 아, 응. 하지만, 마아야한테 그렇게까지 의지하는 건—."

"에이, 됐어. 마아야의 주부 파워, 마음껏 보여 드리겠답니다! 우후후훙♪"

"그, 그래. 고마워. 기대하고 있을게."

힐끔. 아야세 양은 당황한 눈초리로 나를 보았다. 그녀의 눈동자에 비치는 내 표정도, 마찬가지로 당황하고 있었다.

"좋~아. 그러면, 요리 초보자인 오빠한테 지도편달을 해 줄 테니까 잘 부탁해!"

"아~. ……자, 잘 부탁해."

의욕이 넘치고 활기찬 나라사카 양이 교복의 반팔 소매를 더욱 접어서 위팔을 드러내며 다가오자, 나는 조금 밀리는 기색으로 수긍했다.

지도편달이 어떻다는 건 지도를 받는 쪽이 할 말이야.

……라는 한 마디를 할 생각도 안 들었다.

"그러면, 시작하자. 만들고 싶은 요리 컨셉은?"

"컨셉……. 이라는 건 잘 모르겠는데, 일단 내일 재시험에서 아야세 양의 머리가 잘 작동할 수 있으면 좋겠어. 비타민과 단백질을 충분히 먹었으면 좋겠는데."

"오케이. 정석이지만 탕수육으로 하자. 어디 보자……. 아, 있다."

냉장고를 열고, 안에서 돼지고기를 꺼내는 나라사카 양.

문득 의문이 떠올랐다.

"어라? 탕수육에 쓸만한 고기 같은 거 우리 집에 있었나? 탕수육의 고기는, 그 토막 난 거잖아."

"응. 돈가스용 고기 같은 게 있으면 쉬워. 하지만, 보통 안심으로도 충분히 만들 수 있어. 그런 레시피도 꽤 실려 있어."

그 말을 듣고 사이트를 검색해 보자, 분명히 안심 고기를 사용한 탕수육 레시피가 여러 개 나왔다.

"요컨대, 고기를 어떻게 자르는가에 달린 거야."

스승이 제자에게 가르치는 것처럼 잘난척하며 가슴을 쭉 펴는 나라사카 양이지만, 이번만큼은 그 태도에 한 조각의 반론도 하지 못했다.

실제로 나라사카 양의 요리 스킬은 완벽했다. 레시피를 보지도 않고 필요한 재료나 조미료를 냉장고에서 꺼내더니, 순식간에 다 모았다.

그다음에도 척척 고기와 야채의 준비를 해냈다.

게다가, 중간중간 나에게 가르쳐 주면서 말이다.

완벽하게 이해하고 있으니까 가르치는 방식이 초보자도 이해하기 쉽다. 실제로 하는 모습을 보여주기도 하니까, 나도 하나씩 할 수 있게 됐다.

“굉장하네. 나라사카 양, 가정과 선생님 같아.”

“에이~. 더 멋진 게 좋은걸. 프랑스 유학파 일류 쉐프 같은 거.”

“그건 잘 가르친다는 뜻이 아닌 것 같은데.”

“그렇네! 아하하!”

내 답을 들은 나라사카 양은 구김살 없이 웃었다.

“하지만 아사무라도 대단해. 엄청 빨리 배우니까, 계속 가르치고 싶어져!”

“가르치는 방식이 좋은 거라고 생각하는데. ……그리고, 아야세 양도 요리 잘하던데. 혹시 동급생들은 내가 모르는 것뿐이지 다들 이 정도 요리가 가능해?”

자신이 극단적으로 세상 물정 모르는 놈일 가능성에, 목소리가 긴장됐다.

n분의 2 샘플에 통계적인 가치는 없지만, 가설로서는 생각하게 되는 법이다.

“아하하. 아무리 그래도 아니지~. 내가 말하는 것도 그렇지만, 나는 꽤 요리를 잘하는 편이라고 생각해."
내 사소한 불안은 나라사카 양의 밝은 웃음소리가 날려 버렸다.
……다행이다.
유감스러운 불명예를 간신히 회피해서, 솔직히 안도하는 자신이 있었다.
"나는 남동생이 잔뜩 있거든. 부모님도 맞벌이고, 집안일을 이것저것 해야 한단 말이지. 오늘은 엄마가 집에 있는 날이니까 사키네 집에 왔는데, 이런 날 꽤 드물어."
"그러고 보니, 지난달에도 우리 집 왔었는데…… 그 이후론 안 왔네."
"그래. 대강 한 달에 한 번 정도가 한계야."
자유롭게 놀러 다닐 수 있는 것이 한 달에 한 번. 같은 동급생으로서 상당히 제한적이다.
이러면서 성적까지 우수하니까, 마루 이상으로 요령이 좋거나, 아니면 차원이 다른 노력가일 것이다.
늘 활기가 지나친 기색이라, 최근에 좀 이상한 사람일지도 모른다고 의심했었는데. 다시 생각할 필요가 있겠어.
"근데 아사무라 말이야. 정말로 사키랑 아무 일도 없어?"
탕수육 준비를 마치고 된장국 준비를 위해서 배운 대로 물 속에 된장을 풀고 있는데, 아무런 조심도 없이 나라사카 양이 소박한 의문을 말했다.

"있으면 안 되잖아요."

"하지만 거의 타인이잖아. 피가 이어지지도 않았고."

"호적이 이어져 있으면 아웃입니다. 그리고, 어째서 그렇게 나랑 아야세 양의 관계를 신경 쓰는 건가요?"

"어째서냐고 물어보면 곤란하네. 어쩐지 모르게, 사키가 변한 것 같은 느낌이 든단 말이지."

"그거, 그냥 기분 탓……."

"기분이지. 근데, 오히려 개인의 감정을 빼고서 어떻게 대화를 하는데?"

"……그렇네."

감정으로 논파 당했다.

평범한 대화를 하면서 논리를 통한 정리가 필요한 것은, 나 같은 커뮤니케이션 약자뿐이다. 언제나 자연체인 나라사카 양 같은 타입의 사람은 간격 조정 따위 할 필요도 없이 직감과 반사로 대화할 수 있는 것이다.

"예를 들어서, 사키, 쓰고 있는 향수의 양이 늘었단 말이지. 눈치챘어?"

"전혀요."

"다행이네. 눈치챘으면 좀 기분 나쁠 뻔했을지도."

"트랩 질문은 관둡시다?"

성실하게 살아와서 다행이네.

같은 집에 거의 타인에 가까운 여자가 살고 있으니 신경 쓰이지 않을 리는 없지만, 그렇다고 모습을 빤히 바라보거나 냄새를 의식하는 일이 없도록 자신을 제어하고 있을 거다.

"향수의 양으로 뭘 알 수 있는데?"

"지금은 여름이잖아. 걷기만 해도 땀이 나니까 여자에게는 고민되는 계절이야. 땀 냄새를 풍기는 게 싫으니까 향수를 넉넉하게 쓰거나, 땀 흡수 시트를 엄청 쓰거나, 향기가 강한 샴푸를 쓰거나……. 뭐 이래저래 수를 쓰지. 그런 쪽을 의식하는 여자애는, 말이야."

"그렇군요."

"작년에 사키의 대책은 땀 흡수 시트 정도였어. 실제로 땀을 많이 흘리는 편이 아니니까, 그 정도 대책으로 충분한 체질 같았고, 아무 문제도 없을 텐데 말이지."

"올해는, 많아졌단…… 거야?"

"그래! 할 수 있는 대책을 전부 쓴단 느낌이야. 좋아하는 사람을 의식한 행동이 틀림없어! 명탐정 마아야의 감이 그렇게 말하고 있다네, 왓슨 군."

"흐음."

"흐음~ 이라니! 반응이 희박해! 아이참, 저렇게 귀여운 애가 의식하고 있을지도 모른다는 말을 듣고, 아무 생각도 안 들어?"

"그렇게 말을 해도…… 의식하는 게 당연하다고 생각하는데요……."

"거봐! 역시 서로 좋아하잖아!"

"그게 아니라……."

멋대로 신이 나서 떠들려는 나라사카 양을 한 마디로 제지했다.

"거의 타인에 가까운 이성과 같은 집에서 살고 있으니까, 실례가 되지 않도록 냄새를 신경 쓴다는 생각을 해도 이상하지 않잖아."

나도 그렇다.

아버지랑 둘이서 살 때는 삐친 머리는 당연하고, 반쯤 감긴 눈에 땀 냄새 나는 파자마 차림으로 태연하게 집안을 걸어 다녔다.

그러나 지금은 무리.

아야세 양. 그리고 아키코 씨. 거의 타인에 가까운 여성 두 사람이 보게 될 가능성이 높은 상황에서 불결함이 있는 늘어진 모습을 드러낼 정도로 나는 용사가 아니다.

—이런 생각을, 최근 한 기억이 있다.

"에에~, 그런 걸까아?"

"나라사카 양도 경험하면 알 거야. 아마."

"흐응. ……앗."

불만스럽게 입술을 삐죽거린 그녀는, 문득 다이닝 너머로 거실 쪽을 보고 뭔가 깨달았는지 숨을 삼켰다.

팔꿈치로 가볍게 옆구리를 찌르면서, 들떠서 작은 소리

로 말했다.

"봐, 지금 봤어? 사키가 이쪽 보고 있었어."

"아야세 양이?"

그 말에 거실 쪽을 보았다.

아야세 양과 눈이 마주쳤다.

아, 의 형태로 한순간 입을 벌렸다가, 스윽 시선을 아래로 내렸다.

그 희미한 눈과 입의 움직임 말고는, 표정도 안색도 아무 변화가 없다. 평소처럼 쿨한 미인이 시선을 내려 참고서를 보고 있을 뿐이었다.

"자기 얘기를 하고 있다는 걸 눈치챈 게 아닐까? 나라사카 양, 목소리 크니까."

"에~에. 분명히 LOVE한 거라고 생각하는데에."

"그래요, 그래. 가십을 좋아하는 것도 그 정도만 하죠. 현실의 친구한테 지나치면 귀찮아할걸요."

"유감. 사키는 진작부터 귀찮아하고 있어요. 이 이상 귀찮아할 일 따위 없습니다."

"왜 그걸로 부추길 수 있다고 생각하죠?"

역시 인싸인 사람의 행동은 이해할 수가 없다. 나쁜 사람은 아닌데, 공감하지 못하는 건 공감 못 하니까 어쩔 수 없어.

그러는 동안에 된장국도 다 만들고, 모든 저녁 준비가

끝났다.

시계를 보니 오후 6시 반에 접어들려는 타이밍이고, 밥솥도 밥이 다 됐다는 알림의 전자음을 연주하기 시작했다.

"나이스 타이밍. 마아야 쿠킹, 종료 시간이야."

나라사카 양이 나이스 타이밍을 이상한 인토네이션으로 말하더니, 요리하면서 계속 두르고 있던 아야세 양의 앞치마를 벗고 거실로 갔다.

"공부 중단. 영양 보급을 하게나, 사키 중령."

공부하고 있던 아야세 양의 등에, 나라사카 양이 뛰어들어 껴안았다.

음악을 들으면서 공부를 했을 것이다. 아야세 양이 귀에서 이어폰을 빼고 기가 막힌 표정으로 말했다.

"왜 갑자기 계급이 붙은 거야? ……하지만, 고마워. 우리 집 밥인데, 마아야가 도와줬으니."

"에이 됐어. 그러면 나는 이제 슬슬 시간 됐으니까 돌아갈게."

"어. 같이 먹고 가는 거 아니고?"

"엄마가 남동생 봐주는 날이지만, 아무래도 저녁은 같이 먹기로 했거든. 엄마의 맛을 즐길 수 있는 귀중한 날이니까."

웃으면서 자연스럽게 잘라 말한 것은, 가족의 사이가 좋다는 무엇보다도 확실한 증거이리라.

어렸을 때부터 부모의 불화를 보고 자라온 나에게, 그녀의 모습은 눈을 가리고 싶을 정도로 눈부셨다.

나라사카 양은 군인을 흉내 낸 말투에 어울리는 신속함으로 재빨리 짐을 챙기고는, 「그럼 또 봐」 하고 털털하게 손을 척 들더니 거실을 나서려고 했다.

문 앞에서 서로 스쳐 지나가기 직전, 그녀는 수상쩍은 미소를 짓더니 나한테만 들리는 목소리로 속삭였다.

"두 사람의 시간을 만들어줄게♪"

"아니, 그러니까……."

"그러면, 바이바~이♪"

아니라니까요. 반론할 틈도 주지 않고, 그녀는 붕붕 손을 흔들며 빠르게 물러났다.

그녀의 등이 현관문 너머로 사라지는 것을 망연하게 배웅하고 있는데, 아야세 양이 옆에 서서 의문스럽게 물어보았다.

"왜 그래? 혹시 무슨 이상한 말 했어?"

"……아니, 괜찮아. 그저……."

"그저?"

"이상한 애라고 생각해서."

"그건 정말 그래."

동의를 얻었다.

남매가 되어서 서로 가장 공감한 순간은, 어쩌면 지금 이때일지도 모른다.

"아, 맛있어."

밤 7시.

이러쿵저러쿵하면서도 평소와 마찬가지로 단둘이 되어 버린 식탁. 커다란 그릇에서 집은 탕수육 덩어리를 입에 넣은 순간, 아야세 양의 눈이 커졌다.

해냈다! 이렇게 기뻐하기보다 먼저 내 가슴에 찾아든 것은「다행이다」라는 깊은 안도였다.

"마음에 들어서 다행이네."

"탕수육을 선택한 거. 어쩐지 신경 써준 것 같아."

"……날카롭네."

역시 일상적으로 요리를 하는 사람이 보기에, 의도가 전해지는 메뉴인 걸까?

"고마워. 그 마음, 평범하게 고마워."

"천만에요. 하지만 감사는 나라사카 양에게 해야지."

"마아야가 만들었어? 이거 전부?"

"아니, 정확하게 말해서 만든 건 나야. 옆에서 하나부터 열까지 전부 설명을 해줬지만, 중요한 부분은 거의 손을 안 대고 내가 하게 해줬어. ……그런 부분, 선생님의 재능이 있지 않나 싶더라."

"이해해. 나라면, 초보자가 머뭇거리고 있으면 옆에서 빼앗아 버릴 거야."

"이해해. 실제로 그게 안전하기도 하니까."

그렇지만 나라사카 양은 마지막까지 가르치는 스탠스를 무너뜨리지 않았다. 보육원의 선생님이나, 아니면 성적도 좋으니까 학교의 교사 같은 것도 적성에 맞지 않을까?

웃으면서 아이들을 보살피는 나라사카 양의 모습을 상상하자, 꽤 잘 어울리는 것 같았다.

"공부는 잘 돼가?"

"응. 덕분에. 마아야가 만들어준 가상 추가시험 문제도 완벽하게 풀었어."

"그건 다행이네."

"마아야는 내 현대문학 공부법을 보고, 『너무 빙 돌아가서 효율 나쁘지 않아?』라면서 놀랐지만."

"실제로 최단거리를 가는 방식은 아닐 거야."

출제된 문장을 완벽하게 해독하지 않아도, 표면상의 문맥을 이해해 버리면 간단히 풀 수 있다. 그러나 그것은 그렇게 푸는 방식에 맞는 사람에게 최적화된 노하우이다. 습득할 수 있는 사람이 우연히 다수파니까 절대적인 정답처럼 말하는 것에 지나지 않는다.

너무나도 철저해서 병적일 정도의 논리적 사고는, 유연성이 부족하다는 것과 같은 뜻이 되기도 한다. 아야세 양은 그런 타입이며, 애매함을 용납하지 못한 채 문제를 풀어 버리는 것에 대해 뇌가 스스로 제한을 걸어 버린다.

그런 그녀가 애매함을 용납하지 못한 채 현대문학을 완

벽하게 공부하려고 하면, 이 정도로 빙 돌아가는 거친 치료법을 쓰는 것도 어쩔 수 없었다.

예전에 아야세 양은, 친구인 나라사카 마아야의 유연성을 높게 평가하고 있었다. 그렇기에 반에서 인기가 있을 거라고.

사람은 정반대인 사람에게 끌리는 성질이 있다고 한다. 그렇다면 아야세 양이 나라사카 양의 반대편 끝에 위치해도 이상할 거 하나 없었다.

그리고 또 하나. 나로서는 수긍이 되는 점이 있었다.

그녀는 완고하게 다양성을 인정하는 사고방식을 가지려 한다. 전형적인 행태나 착각을 싫어하고, 적절한 커뮤니케이션을 하려는 마음을 지나치게 먹고 있다.

그것은 그녀 자신이 아버지의 편견 탓에 어머니인 아키코 씨가 정신적으로 학대받은 모습을 봤기 때문이라고 생각하고 있었다. 그런데, 아마 그것뿐이 아니리라.

여기서부터는 어디까지나 내 예상이며, 본인에게 확인한 것이 아니다. 그저 구경꾼 근성과 비슷한 상스러운 추측이다.

아마도, 그녀는 저항하고 있다.

자신 안에 흐르는, 존경할 수 없는 아버지의 피. 딱딱하고 경직되기 쉬운 사고회로. 애매함을 허용하지 못하고, 흑백 사고로 자신의 시점에서 모든 것을 납득하고 단정 지어버리려는 경향에.

그렇기에 그녀는 완고하게 유연함을 유지하고자, 두꺼운 갑옷을 두르고 있다.

……계속 말하는 거지만, 어디까지나 추측, 이다.

"걱정 안 해도 돼. 잘 되고 있어. 내일 재시험은 분명 괜찮아."

"……그래."

내가 잠깐 입을 다물어 버린 이유를 착각한 모양이다. 아야세 양이 미소를 지으며 안심시키려는 말을 했다.

지금 내 사고를 솔직히 말할 수 있을 리 없으니까, 딱히 정정하지 않았다.

"응원하고 있을게, 아야세 양."

"고마워, 아사무라 군. 할 수 있는 건 다 했어. 이제는 하늘의 뜻을 기다리면 돼."

젓가락을 쥔 손에 꾹 힘을 주고 말하더니, 그녀는 다시 탕수육을 집어 입으로 옮겼다.

맛있다고 말한다.

식사가 끝날 때까지, 그녀는 꽤 여러 번, 「맛있어」와 「고마워」를 반복했다.

운명의 재시험.

아야세 양의 여름방학이 자유로운 시간이 될지, 쓸데없는 속박의 시간이 될지 정하는 중대국면이, 드디어 찾아온다.

그저 남 일일 텐데 남 일이라고 생각하지 못하는 자기

자신에게 위화감을 느꼈다. 하지만 그 찬물 끼얹는 녀석 같은 감정에 살짝 뚜껑을 덮고, 나는 노력하는 의붓 여동생에게 진심으로 솔직한 성원을 보냈다.

—힘내, 아야세 양.

●7월 21일 (화요일)

오늘은 지구의 중력에 관한 중대한 발견이 발생한 것이 틀림없었다. 시간의 흐름이 놀랄 정도로 느릿하게 느껴지니까 분명하다. 인류의 과학기술 진보에 따라 발생하는 이상기후의 일종이라고 하면, 지금이라면 철석같이 믿고서 환경운동가가 될 수 있을 정도로 나는 안절부절못하고 있었다.

지금은 방과 후. 너무나도 멀었던 방과 후였다.

다시 말해서— 재시험 시간이다.

종업식 전날의 맥 빠진 수업 내용은 쇠귀에 경 읽기처럼 빠져나갔다. 쉬는 시간에 마루와 대화한 내용도, 점심에 먹은 빵의 맛도 기억이 안 난다. 끝나고 나면 금방 결과를 물어보고 싶다는 생각에 빠져서 아무도 없는 교실 안에 혼자 계속 남아 있다가, 나는 문득 제정신을 차렸다.

……아니, 평범하게 너무 간섭하는 거 아닌가? 완전 기분 나쁜데.

분명히 아야세 양이 재시험을 잘 볼 수 있도록, 내가 지난 며칠 여러모로 돕기도 했다. 그러나, 그렇다고 뻔뻔스레 시험 결과를 물어보는 것은 너무나도 매너가 안 좋다.

어차피 아야세 양하고는 집에서 반드시 만난다. 학교에서만 만날 수 있는 사이도 아니니까 딱히 서두를 것도 없다.

"알바도 있으니까. 얼른 돌아가야지."

머리가 식어서 냉정해진 나는 아무도 없는 교실에서 중얼거렸다. 혼잣말을 중얼거리는 취미는 없지만, 방심하면 이대로 교실에 뿌리를 박을 것 같은 자신을 억지로 움직이기 위해서 뭔가 말하고 싶었다.

나는 어쩐지 낯부끄러운 느낌을 받으면서, 짐을 챙겨 얼른 학교를 나섰다.

결국, 알바를 하면서도 일에 전혀 집중하지 못해 처참한 꼴이었다. 계산 실수나 오퍼레이션 미스를 여러 번 했다. 신입일 때 이후 처음 보이는 추태였다. 정말 죄송합니다. 진짜 내 실수로 손님에게 사과한 것도 꽤 오랜만이군.

"우리 후배, 괜찮아?"

"……아마도요. 아, 먼저 실례할게요."

돌아갈 때 걱정스레 말을 걸어준 요미우리 선배에게도, 짧게 대답하는 것밖에 못 했다.

아무리 그래도 자전거 타고 가면서 멍하니 있으면 큰일이니까 정신을 똑바로 차리고, 어떻게든 사고 없이 집에 돌아왔다. 자연스럽게 페달을 밟는 발에 힘이 들어가서 가속이 붙은 것은, 그만큼 아야세 양의 시험 결과를 알고 싶은 마음이 드러난 것일까?

어째서일까? 내 시험 결과조차도, 이 정도로 흥미가 가진 않았는데.

그런 것을 생각하면서 맨션에 도착하여, 엘리베이터를 타고 집으로 갔다.

—철컹!

손잡이를 당긴 순간, 어깨가 빠질 것 같은 감각과 함께 큰 소리가 울렸다. 열려야 할 문이 열리지 않고 브레이크가 걸린다. 아무래도 잠겨 있는 모양이다.

이상하다고 생각했다.

내가 알바를 하고 돌아올 때, 아야세 양이 집에 있을 경우는 귀가 시간을 재서 자물쇠를 열어두는 일이 많다. 안전하지 않으니까 늘 잠가두라고 말하지만, 이 맨션이 현관부터 이미 오토록이며 초대받지 않은 수상한 사람이 들어오기 어려운 구조라는 점을 지적했다. 그리고 만에 하나 내가 열쇠를 잊거나 잃어버렸으면 벨을 눌렀을 때 응답하기 위해 하던 일을 중단하고 문을 열러 와야 하니까, 그게 더 귀찮다고 담담하게 설명했다. 그래서 나도 그 방식을 받아들였다.

여러모로 논리를 늘어놓았지만, 지쳐서 돌아온 나에게 열쇠를 쓰는 수고를 줄여주려는 배려인 것 같았다. ……기분 탓일지도 모르지만.

어쨌거나 지금은 잠겨 있었다. 열쇠를 꺼내 열쇠 구멍에 넣는다. 간단히 열렸다.

문이 고장 난 건 아닌 것 같다.

"다녀왔어. ……아야세 양?"

말을 걸고 안에 들어갔다.

집 안은 새까맸다.

불을 켜고 복도를 걸어, 거실로 갔다. 그곳도 역시 내가 불을 켤 때까지 새까맣고, 사람의 기척이 전혀 없었다. 다이닝 키친을 들여다봐도, 저녁 식사 준비를 한 흔적마저 없었다.

자기 방에서 자는 건가 싶어 복도를 돌아보았지만, 아야세 양의 방은 문이 닫혀 있어서 안의 낌새를 살필 수 없었다.

다시 한번 현관까지 돌아가서 신발을 확인하자, 아야세 양이 평소 쓰는 신발이 없었다. 물론 집을 비운 아버지나 아키코 씨의 것도 없고, 있는 것은 방금 전까지 내가 신고 있던 스니커뿐이었다.

이 집에 있는 건 나뿐이라는 거다.

스마트폰으로 시간을 확인하자, 지금은 밤 9시 반. 이런 시간대에 아야세 양이 무단으로 외출을 한 일은, 지금까지 한 번도 없었다.

등골에 오싹하고 불길한 한기가 흘렀다.

재시험 결과가 신통치 않아서, 충격을 받아서……. 최근에 비극적인 결말을 맞은 연애 영화를 보아버린 탓일까?

그런 최악의 결말을 예상해 버린다.

아무리 그래도 목숨이 위험한 일은 없을 거라고, 생각하고 싶었다.

그러나 아야세 양의 자기 절제는, 자기 자신을 궁지에 몰아갈 리스크도 있는 것 같았다.

오늘 하루 종일 안절부절못한 것도, 나답지 않게 과하게 간섭해서 결과를 빨리 알고 싶었던 것도, 뭔가 예감이 있었기 때문이다.

너무나도 철저하고 병적일 정도의 논리적 사고. 그리고 자신의 그런 성질을 싫어해서, 이상할 정도로 유연성을 획득하려는 자세. 그런 자기부정이, 아무리 생각해도 정신위생에 좋을 리 없다.

나나 나라사카 양에게 의지하여 공부에 도움을 받는 것 자체가, 그녀로서는 무리하고 있었다.

그 정도로 자신을 굽혔는데도, 재시험 결과가 좋지 않았다면?

"……큭."

깨닫고 보니 스마트폰에 손가락을 미끄러뜨려, LINE으로 메시지를 보내고 있었다.

지금 어디 있어? ……라고.

속박 말고는 무엇도 아닌 말이다. 아야세 양과 원활한 가족관계를 유지하기 위해서도 절대 쓰지 않으리라고 생각했던 말 중 하나다. 그러나 지금은, 그렇게 꺼리고 있던 말조차 쓰지 않을 수가 없었다.

후회하기 싫었다. 나중에 내가 창피를 당하는 것뿐이라면, 그거면 된다.

5초—. 10초—. 30초—.

그리고, 1분.

읽음 표시가 뜨지 않는다. LINE 화면에 전혀 변화가 없었다.

안 되겠어. 못 기다린다. 가만있을 수가 없다.

나는 튕기듯 움직이기 시작했다. 현관으로 가서, 황급히 신발을 신고, 스스로도 뭐 하는 건가 생각할 정도로 난폭하게 문을 열고, 맨션의 복도로 나섰다.

엘리베이터는 어느샌가 1층에 가 있었다. 버튼을 누르고, 올라오는 것을 답답해하며 기다렸다.

탕, 탕. 1초마다 발끝이 튕겨서 땅바닥을 때린다. 스스로도 웃어버릴 만큼 차분함이 없는 오른발이었다. 그런 일을 한다고 엘리베이터의 속도는 올라가지 않는다고. 이성으로 타일렀지만 효과가 없다. 탕, 탕, 탕. 땅바닥을 때리는 속도만 올라가고 있었다.

소설을 너무 읽었다. 영화를 너무 봤다. 요즘 젊은이들이 어떻다고 야유하는 픽션에 영향을 받아 기묘한 영웅 심리에 취한 것뿐이라고 나도 생각한다. 현실에서, 지금 상상하고 있는 비극적인 전개 따위 그리 일어나지 않는다.

그러나 이 나라에서 스스로 죽음을 고르는 고교생이 해마다 200명 정도 존재하는 것도, 엄연한 사실이었다.

무책임한 타인은 「뭘 그런 일로」라고 말해 버릴 이유로, 간단히 목숨을 끊는 일도 있을 수 있다.

대략 300만 명 이상 되는 고등학생 중에서, 고작 200명. 마주치는 게 훨씬 드문, 소수파.

하지만 그렇게 따지면, 아야세 양이 다수파의 인간일까? 도저히 아닌 것 같다.

어쩌면 내가 타인과 접한 경험이 희박한 탓에 그렇게 생각하는 것뿐일지도 모르지만, 그녀는 성격도, 행동도, 평범한 것하고는 조금 다른 느낌이었다. 200명 안에 들어가도, 전혀 이상하지 않을 정도로.

띵. 내 초조함에 반비례하여 일상적인 소리가 울렸다. 엘리베이터가 도착했다.

문이 열리고, 서둘러 안에 뛰어들어가려는데, 안에서 나오는 참이었던 인물과 부딪힐 뻔했다.

"우와!"

"앗……."

서로를 피하려다가, 나와 그 사람은 이상한 포즈로 거리를 두게 되었다.

상대는 엘리베이터 안으로 물러나고, 나는 옆으로 우회

하듯 안으로 들어섰다.

그 결과 둘 다 엘리베이터 안이다.

놀라움으로 사고와 몸이 굳어버려서 서로서로 눈을 마주치고, 상대의 모습을 확실하게 확인한 다음에야 입을 열었다.

“어어…… 아야세, 양?”

“아사무라 군. ……어디 가? 이런 시간에.”

엘리베이터 안쪽, 한 손에 책가방. 한 손에는 쇼핑백을 손에 든 교복 차림의 여고생. 아야세 양이 눈을 동그랗게 뜨고 물어보았다.

“아~, 아니, 그게, 저기~, 뭐라고 해야 하나, 그게.”

말이 나오지 않는다. 영화에 영향을 받아 영웅 심리가 발동하여 아야세 양을 걱정하고 있었습니다. —차마 이런 말을 할 수 있을 리 없었다.

등 뒤에서 엘리베이터의 문이 닫히는 얼빠진 소리가 났다.

그랬었지. 눈앞의 쿨하고 드라이한 아야세 양이 픽션 세계의 여동생 캐릭터가 아닌 것처럼, 현실에서 일어나는 사건은 아주 사소하고 시시한 법이다. 달려나간 주인공이 로맨틱한 경치 좋은 장소에서 최고의 장면을 멋지게 연출하는 일도 있을 수 없다.

현실은 도시를 한눈에 볼 수 있는 빌딩의 최상층도, 적당한 높이의 언덕도 아니라, 살고 있는 맨션의 초라한 엘리베이터 안이었다.

"돌아오는 게 늦고, 연락도 안 되잖아. 시험 결과에 충격을 받고 어딘가에서 울고 있는 게 아닌가 싶어서……."

미묘하게 마일드한 표현을 썼다. 아무 일도 없었다고 판명된 지금, 아무리 그래도 목숨과 연관된 상상을 하고 있었다고 자백하는 것은 내 부끄러움의 임계점을 넘어버릴 우려가 있었다.

"아하하. 걱정 끼쳐버렸네. 그건 솔직히 미안해."

아야세 양이 가볍게 웃으며 사과했다.

그리고, 그녀는 조금 고개를 숙였다.

"재시험 결과 말이지. 뭐 솔직히…… 그렇게 좋지는, 않았어."

"어?"

역시 결과가 신통치 않았던 걸까?

걱정하는 내 앞에서 쇼핑백을 바닥에 내려놓고, 그녀는 책가방 안에서 프린트 한 장을 꺼내 이쪽으로 내밀었다.

94점.

재시험 클리어 기준은 분명히 80점이었지.

"합격점이잖아. 놀라게 하지 마."

"아사무라 군은 현대문학 96점이잖아. 못 이겼어. 분해."

"아아, 그런 뜻이었구나."

불만스럽게 입술을 삐죽거리는 아야세 양에게, 나는 안도의 숨을 내쉬었다.

그건 그렇고 낙제점이었던 교과에서 내 특기 교과 점수와 맞먹게 되다니, 아야세 양의 자기 절제는 정말 끝을 모르겠다.

"걱정 끼쳐서 미안해. 평소랑 다른 가게에서 장을 봤거든."

그렇게 말하고, 아야세 양은 바닥에 둔 쇼핑백을 다시 들어서 펼쳤다.

시부야에 있는 백화점 로고가 보였다.

"일부러 백화점에 다녀왔어?"

"그래. 평소 가는 슈퍼보다 싸고 고급스러운 식재료를 살 수 있으니까. 걱정 안 해도, 세일을 노렸으니까 식비는 평소랑 같아."

"과연, 똑 부러지네."

"잠정 주부니까, 이 정도는 해야지."

"신기한 단어네."

"한 마디로 표현하면 이런 느낌 맞잖아? 계속 가사를 하며 살아갈 셈은 없지만, 지금은 주로 주부업을 하고 있어."

"그렇네. 딱 맞는 것 같아."

그러나 설마 아야세 양이 말장난을 쓰다니, 갑자기 요미우리 선배 같은 말을 하면 깜짝 놀라니까 하다못해 조금 미리 힌트를 주면 좋겠다. 아니, 마음의 준비를 해도 대응하기 어려운 건 선배로 증명이 됐지.

"하지만, 백화점에 간 이유 설명이 안 되잖아? 혹시 재시험을 마쳤으니까 기념 삼아 호화롭게 하려고?"

"50점. 반은 정답이고, 반은 오답."

"모범답안은?"

"아사무라 군에게 답례. ……이렇게 말하면, 묘하게 은혜를 베풀려는 것처럼 들릴지도 모르지만, 일단 진심이야."

살짝 눈길을 돌리고, 아야세 양은 평탄한 어조로 말했다.

"답례를 받을만한 일은 안 했어. 어디까지나 대등한 거래지. 지금까지 아야세 양의 희망을 전혀 이루어주지 못했으니까."

"재시험을 대비해서 이것저것 해줬잖아. 작업용 BGM인 로우파이를 가르쳐주거나, 현대문학의 요령을 가르쳐주거나. 어제는 저녁 식사까지 만들어줬고."

"한 달 이상, 거의 매일 식사를 만들어준 아야세 양의 노력에는, 아직 전혀 걸맞지 않다고 생각하는데."

"말했잖아. 기브 & 테이크의 기브는 넉넉하게. 받은 분량의 배로 돌려주라고, 유명한 은행원도 그랬어."

"그건 복수의 문맥 아냐?"

"다른 점은 포지티브인가 네거티브인가뿐이야. 본질적으로는 복수랑 같아. 아사무라 군한테, 되도록 사치스러운 맛을 대접하고 싶어."

"아야세 양……."

얼마나 고지식한 건가 생각했다.

내 시점에서는 너무나도 많은 것을 받고 있어서, 오히려 어떻게 갚아야 할까를 생각해야 하는데. 아야세 양은 내가 돌려주는 것 이상으로 더욱 돌려주려고 한다.

어떡하면 이 의붓 여동생은 무한하게 이어지는 기브를 끝내고, 얌전히 오빠의 기브를 받아주게 되는 걸까? 제멋대로 구는 친여동생 때문에 골치를 썩이고 있을지도 모르는 세상 오빠들이 보기에는 사치스럽기 짝이 없는 고민이 내 머릿속을 지배할뻔했다. 그때였다.

문득 아야세 양의 목소리 톤이 내려갔다.

"아니면…… 연상의 선배가 아니면, 순순히 의지할 수가 없어?"

"어……?"

예상 밖의 한 마디에, 무심코 되물었다.

의지할 수 있는 연상의 선배, 그 말을 듣고 머릿속에 떠오르는 이름은 오로지 한 사람.

요미우리 시오리. 함께 알바를 하는 듬직한 선배의 이름.

……어라?

어째서지? 뭔가 뭉글뭉글한 것이 가슴 속에서, 표면으로 떠올랐다. 이유는 알 수 없지만, 아야세 양의 얼굴을 보기만 해도 어색한 감정이 솟아올랐다.

"요미우리 선배, 말이야? 왜 여기서 선배가 나와?"

"아사무라 군이 편하게 등을 맡기는 상대. 내가 아는 한 그 사람밖에 없으니까."

"그거야 뭐. 알바 근무가 겹치니까."

말을 거듭할 때마다 목이 마른다. 사실대로 말하는 것뿐인데, 어째선가 변명을 하는 기분이 들고 켕기는 마음에 박차를 가한다.

가볍게 고개를 저었다. 대체 무슨 생각을 하는 거야, 나는. 묘한 상상으로 아야세 양을 걱정해버린 반동인지, 심장이 이상하게 빨리 뛴다.

혹시 영화의 등장인물처럼 목숨을 잃는 건 내 쪽인가? 또 실없는 망상을 해버리니까, 나라는 놈은 정말로 기가 막힌 생물이다.

"의지해도 돼. 알바하는 곳의 그 사람한테 그러는 것처럼. 집에서는 나를 의지해도 돼. 여동생이 떼쓰는 거라고 생각해서, 받아줄 수 없어?"

마치 진짜 연하의 여동생처럼 고개를 갸웃거리는 아야세 양. 그녀에게 이런 소악마적인 동작이 가능했구나. 놀랐지만, 떼쓰는 것치고는 참으로 이타적인 요청이라서 내심 쓴웃음을 지어버렸다.

그러나 이 정도까지 하면, 오빠로서는 역시 굽혀줘야 할 것이다.

"오늘은, 순순히 대접을 받으면 미션 달성인 걸까?"

"응. 그렇게 해주면, 기쁘지."

그렇게 말하고, 아야세 양은 만족스럽게 고개를 끄덕였다.
자신이 뭔가 베푸는 쪽인데 기뻐하는 것은, 어쩐지 이상한 것 같은데.
그렇지만, 이것은 현실이다. 만들어진 이야기가 아니기 때문에, 트리거와 아웃풋이 알기 쉬운 1대1의 구도를 그리지 않는다. 인공물과 달리 자연물이 때로는 일그러진 모뉴먼트를 만들어내는 것처럼, 이 얼기설기 성긴 느낌이 바로 현실이 현실인 이유인 거겠지.
"……언제까지 여기 있는 걸까, 우리?"
"그렇네. 아무도 엘리베이터를 부르지 않아서 다행이야."
우리 둘을 태운 채 이 층에 계속 머물러 있었는데, 이제 슬슬 장난을 의심받을 것 같았다.
기묘한 밀실 상태가 우스워서 조금 웃음을 나눈 다음, 나와 아야세 양은 버튼 하나로 열리는 감옥에서 아무 장애물 없이 탈출했다. 탈출하는데 한바탕 소동이 일어나는 게 아닌 것도 완전히 현실적이다.
집에 들어가서 늦은 저녁 식사 준비를 시작하려는 아야세 양에게, 나는 문득 깨닫고 말을 걸었다.
"아, 그러고 보니. 또 하나 물어봐도 될까?"
"뭔데?"
"LINE 메시지 보냈는데, 왜 답장이 없었어?"
"아아, 그거?"

11
12

아무것도 아닌 것처럼 말하고, 아야세 양은 스마트폰을 건넸다. 그것은 전원이 꺼져서 새까만 화면 그대로 전혀 작동하지 않았다. 전원 버튼을 길게 눌러봐도 재기동하지 않았다.

"아사무라 군이 가르쳐준 로우파이 힙합. 그걸 스마트폰으로 들으면서 공부하는 거에 빠진 탓인지, 요즘에 전지가 엄청 빨리 닳아. 깨닫고 보니 배터리가 0이 되는 일이 늘었어."

"아아…… 배터리가 떨어졌구나. 그랬구나."

진실은 참으로 지루하고, 시시한 형태였다.

만약 이때 내가 정말로 냉정했다면 그녀와 나눈 일련의 대화에 커다란 거짓말이 있다는 것도, 지적해야 할 위화감이 있다는 것도 깨달았을 것이다. 그걸 전혀 생각지 못한 것은, 그만큼 걱정을 하고 있기도 했고 안심하여 사고가 정지된 탓이라고 생각했다.

밤에 잠들기 전에 문득 그것을 깨닫고, 커다란 의문이 내 안에 응어리졌다. 하지만 그때는 이미 물어볼 기회도 놓쳐 버려서 진실은 영원히 어둠 속에 가라앉아 버렸다.

그 의문의 대답을 알고 싶다면, 아야세 양의 일기라도 읽는 수밖에 없겠지.

시부야의 백화점이 근처 슈퍼보다 멀긴 하지만, 돌아오는 시간이 9시 반이라는 것은 **아무리 그래도 너무 늦지 않은가?**

●7월 22일 (수요일)

시부야의 높은 건물을 뛰어넘은 것처럼 적란운이 뻗어 올라가 있었다.

하얀 구름의 등 뒤에는 깔끔하게 갠 파란 하늘이, 마치 블루 백스크린처럼 보였다.

드디어 본격적으로 여름이 온다.

스이세이 고교의 1학기는 오늘로 끝. 다시 말해서 오늘은 종업식이다.

교실 안의 느슨한 분위기도 휴가 직전의 들뜬 수준으로 전환되어 있어서, 교사의 일갈에도 좀처럼 진정되지 않는다.

"그러면 해산! 다들 너무 풀어지면 안 된다!"

그 말을 신호로 교실은 이미 여름방학으로 돌입해 있었다. 기가 막힌 표정을 지은 교사가 고개를 흔들며 나가지만, 이제 아무도 그쪽을 보지 않는다.

"그러면, 먼저 간다."

마루에게 말하고 나는 자리에서 일어섰다.

"그래. 이상하게 서두르네."

"알바 있거든."

"벌써? 아직 저녁도 안 됐는데."

놀라서 눈을 크게 떴다.

"한 시간 일찍 근무 시작하거든. 사실 베테랑 선배가 한 명 관뒀어. 가능하면 와달라고 하더라."

"그건 힘들겠구만."

"그러니까, 오늘은 조금 일찍 돌아가서 준비할 생각이야."

"그래. 힘내라, 노동 청년!"

마루는 그 이상 물어보지 않았고, 나도 시간이 아까우니 교실을 나섰다.

고작 한 시간 일찍 가는 것뿐이니까 그렇게까지 서두르지 않아도 되지만, 처음 행동에는 예상 밖의 일이 일어나기 쉽다. 일정 조정을 한다고 해놓고 지각하는 추태는 사양하고 싶다.

그렇지만 내 걱정은 기우로 끝나고, 시간 맞춰 서점에 도착했다.

옷을 갈아입고 가게 안으로 나와서 나는 깨달았다.

손님이 적다.

시간을 확인하자, 정확히 한 시간 평소보다 이르다. 그것만으로 이렇게 가게 안의 분위기가 바뀌는구나. 가만 보니 회사에서 퇴근하는 샐러리맨의 모습이 거의 없다. 그도 그럴 것이, 보통 회사라면 아직 아슬아슬하게 근무 시간. 늘어나는 건 이제부터다.

"오늘은 우리 후배가 일찍 왔네."

돌아보자 요미우리 선배가 생글생글 웃으며 손을 흔들고

다가오는 참이었다.

“아, 선배. 네. 오늘은 조금 일찍 시작해요. 그러는 선배야말로 벌써 왔네요?”

“우리 학과는 월요일부터 벌써 여름방학인걸~.”

“대학생이네요.”

“친구는 실험 삼매경의 여름방학이 방학이냐고 투덜대지만 말이야. 이과는 힘들겠어.”

“하지만 선배는 시간이 있는 거군요.”

“그러니까 여기 있는 거지. 그런데 우리 후배는 여름방학 풀타임으로 일해?”

“뭐, 지금은 그럴 셈이에요.”

내 대답에 요미우리 선배가 묘하게 기쁜 기색으로 웃었다. 그 미소는 뭔가 오해를 부를 것 같으니 관두죠.

“알바 삼매경이라아. 우리 후배랑 같이 보내는 시간이 늘어나서 선배는 기쁘다네.”

“놀리지 마세요.”

“아니아니. 놀리는 거 아냐. 순수하게 알바 동료와 함께 노동의 땀을 흘리는 기쁨에 잠겨있다니까. 뭐, 우리 후배는 귀여운 여동생과 함께 청춘의 땀을 흘리고 싶었을지도 모르지만.”

“놀리는 거 맞잖아요.”

“들켰네.”

낼름 작게 혀를 내미는 것까지는 요염하고 마치 픽션에 나오는 소악마 히로인 같았지만, 곧장 대선배의 부름에 계산대 쪽으로 끌려갈 때의 표정은 지친 OL 같았다. 아니, 지친 OL이라는 것도 나는 픽션으로밖에 본 적이 없지만.

그러나 요미우리 선배의 말을 듣고 「그렇구나」 하며 새삼 나는 생각했다. 아야세 양과 남매가 되고서 처음 맞이하는 장기 휴가인 것이다.

같은 학교라지만 반이 다르면 만날 기회가 거의 없다. 구기대회 전의 체육 수업이 특별했던 것이다.

그렇지만 여름방학은 서로 집에 있으니까, 지금까지보다 얼굴 마주칠 시간이 늘어날지도 모른다.

아니, 알바가 있으니까 그렇진 않은가?

이번 여름은 상당히 많은 날 풀타임 근무 예정을 잡았다. 다시 말해서, 나 자신이 집에 있는 일이 없는 거다. 만날 기회를 스스로 줄여버렸군. 아니, 딱히 그렇게까지 함께 있고 싶다는 기분이 있는 건 아니지만. 아니지?

고개를 저어 묘한 생각을 떨쳐내고, 나는 오늘 배당을 소화하고자 마음을 전환했다. 일단 책장 정리와 신간의 보충부터.

잠시 몰두하고 있다 보니 등이 비명을 질렀다. 서점의 일은 뜻밖에 허리와 등이 상한다. 무거운 책을 들어 올리고, 든 채로 여기저기 이동을 하거나, 낮은 책장 앞에서 등을 굽히며 정리를 해야 하기 때문이다.

숨을 한 번 돌리고, 나는 양손을 끼며 기지개를 켰다.

등이 으드드득 울리는 소리가 들렸다.

양쪽 어깨를 돌려서 풀고 있는데, 시야 구석에 익숙한 밝은색 머리칼이 움직인 것 같았다. 황급히 시선을 돌리자, 직원 전용 사무소 문으로 익숙한 차림의 여자애가 들어갔다.

저건…….

"아사무라 군, 지쳤으면 사양하지 말고 조금 쉬는 게 좋아."

돌아보자 점장이 있었다.

"저기…… 지금, 들어간 건?"

내가 돌린 시선 끝을 본 점장이 「아하」하고 말했다.

"이제부터, 새로운 알바 지망인 애 면접을 보거든."

일손이 부족하니까. 다행이야.

여름방학에 일하고 싶다는 고교생 여자애야.

그러고 보니 아사무라 군이랑 같은 학교였던가.

—점장의 목소리가 어쩐지 멀리서 들리는 것 같았다.

"혹시, 이름은?"

반사적으로 입에서 나온 물음에 돌아온 대답은 확실하게 들렸다.

"아야세 사키, 라는 애야."

●에필로그 아야세 사키의 일기

7월 16일(목요일)

저질렀다. 애당초 현대문학은 자신이 없었지만, 설마 낙제를 하다니.

소설 문제, 서투르단 말이지.

서투른 걸 서투른 채 놔두는 건 싫다. 극복하려고 참고서로 문제를 잔뜩 풀어봐도, 결국 진짜 시험에서는 한정된 시간 안에 재현할 수가 없었다.

괜한 생각을 너무 많이 한단 말이야.

아사무라 군이 말한 것처럼 문맥을 파악하는 것에만 집중하고, 문제 전부를 이해하지 않은 채 진행할 수 있으면 좋을 텐데, 도무지 그럴 수가 없다.

인물들끼리 엇갈리는 거나 고민하는 모습을 이해할 수가 없다. 어떤 대사가 어떤 사고에서 나온 건지, 전혀 알 수가 없다.

직접, 스트레이트하게 마음을 드러내고 간격 조정을 하면 빠를 텐데. 본심을 감추면 의사소통이 제대로 되지 않고, 자신이 품은 연애감정을 성취하는 것은 불가능하다고 생각하는데.

……알고 있다. 그냥 비뚤어진 거라고.

그건 그렇고 아사무라 군, 공부 잘 가르치네.
솔직히, 조금 포기하고 있었는데.
덕분에 희망이 보인다.
고마워.

7월 17일(금요일)

아사무라 군이 추천해준 로우파이 힙합. 엄청 좋아.
빗소리 같은 노이즈가 세련됐다.
그러고 보니, 비 내리는 날의, 빗방울이 터지는 소리. 꽤 좋아했었던 것 같네.
날씨가 안 좋으면 집중이 되는 거, 나뿐일까?
이런 장르가 해외에서 유행하고 있었다는 건 전혀 몰랐다.
일부러 조사해준 아사무라 군에게 감사해야겠어.

아차. 너무 집중했어. 이제 곧 아침이 되겠다.
얼른 준비하고 자야지.
수면 시간도 학습 능력 향상에 중요하다고 들은 적이 있다. 밤늦게 깨어 있는 건 건강에도 두뇌에도 안 좋다고 했었지.

그건 그렇고, 이렇게 집중할 수 있다니.

이 음악, 효과가 아주 좋다.

이상하네.

침대에 들어가서, 눈을 감고서도 괜한 생각이 뇌리를 스쳐 버린다.

뇌가 휴식을 취해야 하는데, 이상한 방식으로 회전해 버린다.

로우파이 힙합.

아사무라 군에게 이걸 가르쳐준 건, 미인 알바 선배란 말이지…….

아무래도 좋지만.

어째서 아무래도 좋다고 생각하면서, 일부러 일기에 적지 않을 수 없는 걸까?

의미를 모르겠어.

7월 18일(토요일)

이 내용을 지금부터 일기에 적으려는 나 자신을 이해하기가 어렵다.

아무리 생각해도 도리에 안 맞아.

내가 이것을 적을 권리 따위 아무것도 없을 텐데.
하지만 적는다.
자기만족이라도 괜찮겠지. 일기는 어차피 자기만족의 덩어리니까.

아사무라 군의 귀가가 늦었다.
밤 9시에 알바가 끝나면 대략 9시 반이나, 늦어도 10시 정도에는 돌아온다. 그 정도 폭이면 될 거다.
그런데 10시 반이 넘어도 돌아오지 않았다.
냉장고에 음료수를 가지러 가는 김에, 엄마에게 물어보려 했다.
오늘은 보기 드물게 엄마랑 새아버지 타이치 씨도 계속 집에 있었다.
밤에 둘이서 TV를 보며 담소를 하고 있었다.
일 때문에 바쁜 두 사람이 나란히 쉬는 건 정말로 귀중한 일이라, 너무 부부의 시간을 방해하고 싶지는 않았지만, 이건 어쩔 수 없다.
두 사람에게 아사무라 군에 대해 물어봤다.
돌아오는 게 늦지 않나요? 괜찮을까요? 라고.
그랬더니 이런 대답이 돌아왔다.

유우타라면 알바 선배인 여자애랑 영화를 보고 온대.

알바 선배인 여자애.

그런 연락, 나는 못 받았다.

아니, 알고는 있다. 나한테 이야기할 이유 따위 아무것도 없으니까.

가족 모두에게 무단으로 밤놀이를 하는 건 고등학생으로서 혼나도 어쩔 수 없다고 생각하지만, 타이치 씨에게 연락을 했다면 그 이상을 바라는 건 그냥 억지다.

아사무라 군도 인간관계가 있다.

여자애 한두 사람 정도, 교류가 있어도 이상할 것 없었다.

혹시, 그 사람일까?

아사무라 군에게 로우파이 힙합을 추천해준, 소문의 미인 선배.

그렇다면, 어쩐지 싫다.

아아, 후회. 역시 이거, 문자로 적으면 진짜 감정과 다르게 출력되는 것 같아.

알고 있는 단어 중에서 가장 가까운 것이 「싫다」였지만, 딱히 본 적도 없는 서점 직원에게 혐오의 감정 따위를 품을 여지가 없는데.

정말로, 최악이야.

그 사람을 알지도 못하면서, 단편적인 정보와 나만의 생각으로 이런 네거티브한 단어를 출력해 버리는 자신에게 싫증이 난다. 자기혐오.

꿀꿀하다.

어쩐지 모르게 아사무라 군이 돌아오면 「어서 와」라고 말을 걸고 싶어져서, 내 방이 아니라 거실에서 공부하기로 했다.

엄마랑 타이치 아버지가 「잘 자」라고 인사하고 침실로 들어간 다음에도, 혼자 거실에서 계속 공부했다.

※다음날, 추가.

아차. 완전히 잠들어 버렸다.

역시 어제 잠든 게 아침이었는데, 점심 전에는 깼었으니까.

짧은 수면의 폐해다.

결국 아사무라 군이 돌아오는 시간까지 깨어나 있지 못했어. 인사도 못 했어.

그러고 보니 얇은 이불을 덮고 있었는데, 이건 아사무라 군이 덮어준 거겠지. 아마.

그렇게 생각했더니, 어쩐지 모르게 어젯밤 느낀 꿀꿀한 기분이 조금 풀린 것 같았다.

어째서인지는, 잘 모르겠지만.

이건 뭐지?

7월 19일(일요일)

저게 소문으로 들은 미인 선배구나. 정말로 너무 미인이라 깜짝 놀랐어.

현대문학의 힘을 기르기 위한 참고서나 소설을 사러 가기로 했을 때, 자연스럽게 아사무라 군이 알바하는 곳으로 발길이 향한 것은, 결과적으로 뭔가 묘하게 의식해버린 것 같아서, 그건 정말로 반성하고 있다.

요미우리 시오리.

예쁜 이름이라고, 생각했다.

책을 사랑하고, 책에 사랑받는, 그리고 책을 사랑하는 사람에게 사랑받을 것 같은 이름.

그리고 대학생이라 그런지 너무나 어른스럽고, 그러면서도 그저 미인인 게 아니라 귀엽고 애교도 있었다.

아사무라 군도 즐거워 보였다.

정말로, 어울린다고 생각했다. 저런 사람이랑 맺어지면, 아사무라 군도 참 행복하지 않을까?

그러고 보니 그 서점. 가게에 아르바이트 모집 포스터가 붙어있었지.

서점 아르바이트, 라.

효율 좋은 고액 알바라고 부를 수는 없을지도 모르지만, 이상하게 지름길로 가려고 하지 말고 차근차근 계속할 거라면 좋을지도 모른다.

하지만, 어째서일까? 아무리 그래도 좀 기분 나쁘지 않을까? 의붓 남매라지만 오빠가 일하고 있는 곳에 알바 면접을 받으러 가다니, 보통은 안 그러겠지.

아니, 기다려. 기다려봐.

알바나, 다른 것을 신경 쓸 때가 아니잖아.

일단 재시험을 클리어해야지.

집중하자, 아야세 사키.

7월 20일(월요일)

오늘은 재시험 전의, 마지막 한 걸음.

도와준 아사무라 군이나 마아야에게는 정말로 감사하고 있다.

얼른 자고, 깔끔하게 일어나서, 머리를 잘 움직여서 임하고 싶으니까 일기도 짤막하게.

탕수육, 맛있었어.

고마워, 두 사람.

7월 21일(화요일)

재시험, 클리어.

결과가 나온 다음이라면 얼마든지 말할 수 있지만, 솔직히 어제쯤에 이미 합격은 확신하고 있었다.

단단하게 묶여 있던 매듭이 풀려가는 분명한 감촉을 느끼고 있었다.

아사무라 군 덕분이야. 마아야도 고마워.

뭐가 어찌됐든, 이걸로 여름방학은 자유롭게 시간을 쓸 수 있다. 공부하면서 차근차근 알바로 돈을 모을 수 있어.

재시험이 끝난 다음, 집으로 돌아가기 전에 시부야에 들르기로 했다.

다시 한번, 아사무라 군이 알바를 하는 역 앞의 서점에 갈 생각이었다.

아르바이트 모집 포스터를 자세히 보고, 내용을 확인하고 싶었다.

아사무라 군의 모습은 보이지 않았다. 어쩌면 출근했을지도 모르지만, 가능하면 여기서 딱 마주치고 싶지 않았으니까, 계산대에서 되도록 떨어진 장소를 직원에게 발견되지 않도록 걸었다.

스토커라고 생각하면 싫으니까.

몰래 가게 안을 이동해서, 포스터를 확인했다.

포스터를 보고 있는데 점장으로 보이는 사람이 말을 걸었다.

알바에 흥미 있니? 라고.

그렇게 표정에 드러나고 있었나? 표정에 드러나지 않는 타입이라고 자부하고 있었는데.

무심코,「그래요」하고 말해 버렸다.

이제 돌이킬 수 없다.

곧장 내일, 면접이라고 한다. 이력서를 가져와달라고 했다.

아르바이트 면접은 처음 받으니까 제대로 연습해야 한다고 생각해서, 노래방에 갔다.

집에서 해도 되겠지만, 혹시 아사무라 군이 있을지도 모른다고 생각하자 어색했다.

면접 연습을 하는 걸 들키면, 가볍게 죽을 수 있어.

설명도 못 하고.

어째서 그 서점에서 알바할 생각이 들었어?

그 질문을 해도 대답을 못 한다.

그런 거, 나도 잘 모르니까, 무리다.

스마트폰으로 템플릿 질문을 참조하면서, 혼자 면접의

연습을 했다.

가끔 점원이 와서, 노래를 안 하는 모습을 들켜 어색했지만……. 뭐, 한 번 만나고 말 타인이니까 그건 됐다.

걱정 끼쳐서 미안, 아사무라 군.

돌아오는 게 늦을 것 같아서 연락하려고 했는데, 그러면 어째서 늦는지 설명을 해야 할 것 같았다. 알바하는 서점에 다녀왔습니다. 알바 면접을 받기 위해서 연습을 했습니다. ……말할 수 있을 리 없다.

최근에 느끼는 꿀꿀한 감정의 정체와 마주해야 하게 될 것 같아서.

하다못해 속죄 삼아, 오늘은 맛있는 요리를 대접하기로 마음먹었다.

기껏 시부야에 있으니까. 백화점에 들르기로 했다.

예산이 허용하는 범위에서 고급 식재료를 사서, 맛있는 것을 먹어 주면 조금은 용서받을 것 같았다.

용서받지 못해도…… 그건 뭐, 받아들이는 수밖에, 없으려나.

귀가가 늦어진 이유는 백화점에 들렀으니까. 그걸로 밀어붙이자. 연락이 안 된 것도, 배터리가 떨어졌으니까. 그거면 되겠지. 앞뒤가 맞는 변명 정도는, 논리로 얼마든지 만들 수 있다.

역시 아사무라 군이 걱정했다. 그렇게 조바심 내는 그를 본 건 처음인 것 같아.

엘리베이터의 문이 닫힌 다음에, 둘이서, 여러 가지 이야기를 했다.

좁은 엘리베이터 안에서, 단둘이.

맨션의 엘리베이터라는 건, 아무래도 좋은 장소인데, 그 밀실에 함께 있는 것은, 아무리 나라도 긴장했다.

땀 냄새가 난다고, 생각하지 않으면 좋겠는데.

일단 아사무라 군에게 준비한 변명을 말했다. 믿어줘서 다행이지만, 거짓말을 하는 사이에 점점 머릿속에서 위화감의 싹이 자라났다.

소설의 등장인물과 같은 일 하고 있지 않나? 지금의 나.

꿀꿀한 감정으로 솔직하게 그와 간격 조정을 하는 게 아니라, 자신 안에서만 처리해서, 보이지 않도록 뚜껑을 덮고, 그리고 거짓말까지 하면서, 이 자리를 넘어간다.

의미 따위 없는데.

처음부터 진심을 말하고, 간격 조정을 하면, 묘한 사고나 어긋남도 일어나지 않고, 정답인 길을 나아갈 수 있을 텐데.

나는, 무서운 거야.

지금 느껴버린 것. 어쩐지 모르게, 자신이 어떻게 되어버린 건지, 그를 어떻게 생각하는지를, 이해해 버렸으니까.

이 그저 한 마디의 감정을, 일기에 문장으로 남기는 것마저도 망설이게 된다.

너무나 얄궂다.

나 자신이, 소설의 등장인물처럼 되어버리다니.

7월 22일(수요일)

저질렀다. 저질렀다. 저질렀다. 저질렀다. 저질렀다.

아르바이트 면접. 설마 그렇게 간단히 채용이 정해지다니.

아사무라 군도 요미우리 씨도 일하고 있었다. 발견되지 않도록 빠른 발로 돌아왔는데, 괜찮을까?

아니, 이제 와서 그건 시간 끌기밖에 안 된다.

이제, 도망칠 수 없다.

아사무라 군에게 설명해야 한다. 어째서 같은 서점에서 알바를 하려고 했는지.

설명하는 건, 무섭다.

분하지만, 하지만 동시에, 안도하는 자신도 있었다.

당연히 안도한다. 왜냐면, 드디어 이 꿀꿀한 감정에서 해방되니까.

내가 모르는 아사무라 군.

내가 모르는 아사무라 군과 요미우리 씨의 관계.

그것을, 조금이라도 알게 된다면, 이 꿀꿀한 기분 나쁜 감정도, 조금은 누그러질 거다. 그렇게, 생각했다.

……정말로, 믿을 수가 없어.

어째서 나는, 행동의 주도권을 그에게 넘겨버린 걸까?

게다가 아사무라 군은 아무것도 안 했다. 그저 내가 멋대로 스스로 사슬에 메이러 가서, 멋대로 묶인 것뿐이다.

정말로, 웃어버릴 정도로 우스꽝스러운 감정이다.

어차피 아무도 못 읽게 할 거니까, 자신을 경계하기 위해서 확실하게 써둘까.

자물쇠가 달린 서랍 안에 넣어서 보관하면 괜찮을 거야.

여기서 문제입니다, 나. 아야세 사키.

Q. 네 추악한 감정의 정체를 한 마디로 말하라.

A. 질투입니다.

■ 작가 후기

소설판 『의매생활』 제2권을 구매해 주셔서 정말 감사합니다. YouTube판의 원작 & 소설판 작가인 미카와 고스트입니다. 이번에는 이성적이며 냉정 침착한 아야세 사키가 가진 뜻밖의 약점에 포커스를 맞춘 이야기입니다. 너무나 성실하기에 생긴 그녀의 약점은, 가슴에 손을 얹어보면 자신에게도 들어맞는 분이 많지 않을까요?

그런 그녀의 힐링이자 지주가 되는 아사무라 유우타가 소개한 로우파이 힙합. 사실은 『의매생활』의 YouTube 채널에서도 사키가 듣고 있던 것을 공개하려고 합니다. 공개되면 부디 들어보세요. 공부나 작업에 최적입니다.

또한, 빠르게도 코미컬라이즈가 결정됐습니다! 작화는 카나데 유미카 선생님이 담당해주시게 됐고, 저도 지금부터 기대가 됩니다. 정보는 공식 트위터 등을 확인해 주세요.

감사 인사입니다. 일러스트의 Hiten 씨, YouTube판 아야세 사키 역의 나카시마 유키 씨, 아사무라 유우타 역의 아마사키 코헤이 씨, 나라사카 마아야 역의 스즈키 유아

씨, 마루 토모카즈 역의 하마노 다이키 씨, 본서 특전의 요미우리 시오리 역을 연기해 주신 스즈키 미노리 씨. 동영상 디렉터 오치아이 유우스케 씨를 비롯한 YouTube판 스탭 여러분, 모든 관계자 여러분. 그리고 무엇보다도 독자 여러분과 동영상 팬 여러분. 정말 감사합니다. 『의매생활』을 앞으로도 부디 잘 부탁드립니다.

■ 역자 후기

안녕하세요? 불초역자 돌아왔습니다.

사실 작업용 BGM이라는 것은 공부하면서도 쓸 수 있지만 이름 그대로 작업을 할 때 집중력을 올려주는 용도로 쓰는 것이죠. 특히 번역 작업의 경우는 집중력에 따라 효율과 작업량의 차이가 상당히 나기 때문에 꽤 중요합니다.

그래서 역자도 적당한 BGM이 없을까 찾아보기도 하지만, BGM을 들으면서 일을 하기에는 보고 싶은 버추얼 유튜버가 너무 많아요. 하하하하하하하하하하하하. 그래요. 최근에 꽤 빠져 있습니다.

다만 역자는 다소 취향이 특이해서요. 버추얼 유튜버만 그런 게 아니라, 특정한 누군가의 팬이 된다는 개념이 희박합니다. 그래서 인터넷 방송 등도 그때그때 관심이 가는 게임을 하고 있거나 흥미가 생기는 버추얼 유튜버를 선택해서 본다거나 하는 편이죠. 하지만 그런데도 보고 싶은 방송이 마구 겹치거나 하니까요. 그래서 아예 여러 개를 켜놓고서 섞여버린 소리를 작업용 소음으로 삼아 버리기로 했습니다. 여러 가지 소리가 섞여 있다 보니까 예전부터 작업용 소음으로 유행했던 카페 소음 같은 것하고 비슷한 것 같기도 해요.

그러면 여러분, 다음에 또 만나요!

의매생활 2

초판 1쇄 발행 2022년 11월 10일

지은이_ Ghost Mikawa
일러스트_ Hiten
옮긴이_ 박경용

발행인_ 신현호
편집장_ 김승신
편집진행_ 권세라 · 최혁수 · 김경민 · 최정민
편집디자인_ 양우연
관리 · 영업_ 김민원

펴낸곳_ (주)디앤씨미디어
등록_ 2002년 4월 25일 제20-260호
주소_ 서울시 구로구 디지털로 26길 111 JnK디지털타워 503호
전화_ 02-333-2513(대표)
팩시밀리_ 02-333-2514
이메일_ lnovellove@naver.com
L노벨 공식 카페_ http://cafe.naver.com/lnovel11

ISBN 979-11-278-6599-3 04830
ISBN 979-11-278-6510-8 (세트)

값 7,800원

친구 여동생이 나한테만 짜증나게 군다 1~7권

미카와 고스트 지음 | 토마리 일러스트 | 이승원 옮김

교우 관계 사절, 남녀 교제 거부, 친구라고는 진정으로 가치 있는 단 한 사람 뿐.
청춘의 모든 것을「비효율」적이라 여기며 거절하는
나, 오오보시 아키테루의 방에 눌러앉아있는 녀석이 있다.
내 여동생도, 친구도 아니다.
짜증나고 성가신 후배이자 내 절친의 여동생인 코히나타 이로하다.
"선배~, 데이트해요! ……라고 말할 줄 알았어요~?"
혈관에 에너지 음료가 흐르고 있는 듯한 이 녀석은
내 침대를 점거하고, 미인계로 나를 놀리는 등, 나한테 엄청 짜증나게 군다.
그런데 왜 다들 나를 부러워하는 거지?
알고 보니 이로하 녀석도 남들 앞에서는 밝고 청초한 우등생인 척하기 때문에
엄청 인기가 좋은 모양이다.
이봐…… 너는 왜 나한테만 짜증나게 구는 거냐고.

끝내주는 짜증귀염 청춘 러브코미디, 스타트!!

라이트노벨의 새로운 빛! L노벨의 신간은 매월 10일에 발매됩니다. http://cafe.naver.com/lnovel11

NOVEL